少年读水浒

鲁智深

陈禹安◎主编　时间岛◎绘

应急管理出版社
·北京·

图书在版编目（CIP）数据

少年读水浒．鲁智深/陈禹安主编；时间岛绘．－－
北京：应急管理出版社，2020
ISBN 978－7－5020－8292－5

Ⅰ.①少… Ⅱ.①陈… ②时… Ⅲ.①章回小说—中
国—明代 Ⅳ.①I242.4

中国版本图书馆 CIP 数据核字（2020）第 166374 号

少年读水浒 鲁智深

主 编	陈禹安
绘 图	时间岛
责任编辑	高红勤
封面设计	王淑聪

出版发行	应急管理出版社（北京市朝阳区芍药居 35 号 100029）
电 话	010－84657898（总编室） 010－84657880（读者服务部）
网 址	www.cciph.com.cn
印 刷	唐山富达印务有限公司
经 销	全国新华书店

开 本	710mm×1000mm$^1/_{16}$	印张 12	字数 150 千字
版 次	2020 年 12 月第 1 版	2020 年 12 月第 1 次印刷
社内编号	20200946	定价 36.00 元

前　言

有人说，少不读水浒，老不读三国。但事实果真如此吗？

虎啸龙吟的三国传奇，悲壮激昂的梁山聚义，可谓百世经典，数百年来深受我国乃至世界读者的喜爱。对于青少年来说，只有选择这些经过时间沉淀、被世人公认的好书，才能对他们的身心产生积极的影响。

乱世出奸佞，时势造英雄。《水浒传》最突出的艺术成就在于对人物的塑造。全书通过描写人物的语言、行为来表现其矛盾的内心世界，将人物性格刻画得各具特色，而每个被逼上梁山的好汉成长经历也不尽相同。豪放粗犷的故事，曲折生动的情节，成功塑造了一个又一个鲜活的人物形象。

《少年读水浒》系列，选取《水浒传》中的宋江、鲁智深、武松、林冲、李逵五位个性鲜明、有血有肉的人物，将其事迹从原著提炼出来，紧扣人物的身份、经历和遭遇来刻画人物性格，让读者对这些人物有一个更加深入的了解，进而串联整部《水浒传》。

在编写时，我们尊重原著，注重场景的设置，把人物置于历史舞台中，置于事件的紧要关头，看他们如何周密安排、从容应对、运筹帷幄，化解危机。

在对人物进行解读时，我们力避重复。然而，书中的重大事件，往往同时涉及这几位主要人物，为了将事情的前因后果交代清楚，会有一些情节上的重复。但同一个事件，人物的刻画角度不同，出发点不同，是非功过皆在其中，也是别有一番趣味。

本套书具有以下特色：

1. 权威的专家、作者团队：这套书编者长期从事儿童文学读物及语文阅读类书籍研发，在熟读钻研原著的基础上，精选了其中脍炙人口的故事情节，进行改写。在高度忠于原著的基础上，用适于学生阅读的语言，让青少年读者体会名著的经典之美。

2. 有针对性的栏目设置：为了便于青少年读者理解文中的古今异议词、官职、名胜古迹及典故，我们添加了"知识加油站"栏目；并在后面，增加了能够概括人物性格的"词语沙龙"栏目。

3. 精致唯美的插图：为了便于读者更加形象地理解书中的情节和人物，本套书都配备了精致唯美的插图。每一幅图中所蕴含的服装服饰、时代背景以及古代的建筑等知识，都经过编辑及专家的反复审核，力求为读者呈现更加形象的画面。

这是一部真正适合青少年看的"水浒传"人物传，希望本书能够让青少年体会名著所承载的深层含义，丰富其精神世界，提高其文学修养和艺术品位。

鲁智深的朋友圈

林冲　绰号：豹子头
　　　星宿：天雄星
　　　兵器：丈八蛇矛、花枪

武松　绰号：行者
　　　星宿：天伤星
　　　兵器：雪花镔铁戒刀

孙二娘　绰号：母夜叉
　　　　星宿：地壮星
　　　　兵器：两口钢刀

护送去沧州
结拜为兄弟

相识十字坡
同为二龙山头领

同求招安这支派
力主奋勇奋争深

鲁智深　绰号：花和尚
　　　　星宿：天孤星
　　　　兵器：水磨镔铁禅杖

张青　绰号：行者
　　　星宿：地刑星
　　　兵器：朴刀

相识十字坡
同为二龙山头领

同为二龙山头领
一起投奔梁山

华州救史进
火烧瓦罐寺

杨志　绰号：青面兽
　　　星宿：天暗星
　　　兵器：刀、枪

史进　绰号：九纹龙
　　　星宿：天微星
　　　兵器：三尖两刃刀、朴刀、青龙棍

目 ○ 录

第一章

渭州遇好汉

渭州城在我国的西北方向，位置在今天的甘肃陇西。在一千多年以前的宋朝，渭州城是一座非常重要的城市，这里有负责保卫边塞的经略府，也是百姓及做生意的人等前往西北方的必经交通枢纽，所以，也算是一座热闹繁华的城市。

这天，有个神色匆忙的外地年轻人走进渭州城，看见路口有一个小茶馆，就走了进去。茶馆的小二热情地招待了他，并很快端上来一壶茶。年轻人随即问店小二，说："这渭州城是不是有个经略府？"

店小二回答："是的，客官往前面

经略

经略，官名，是经略使或经略安抚使的简称。唐贞观二年（628年）始置于沿边重要地区，为边防军事长官，后多由节度使兼任。宋代置于沿边各路，常兼安抚使，称"经略安抚使"，掌管一路之军政。明代遇重要军事行动则特设经略，职位高于总督。北洋政府时期亦置，总管数省军务。

再走一会儿就到了。"

年轻人又问："那这经略府里最近是不是新来了一位叫王进的教头？"

店小二摇摇头，回答道："客官这可难倒我了，我只听说咱们渭州城经略府里姓王的教头有三四个，到底哪个叫王进，就不知道了。"

二人正在说话，突然从外面传来一声爽朗的笑声，只见一个大汉，大踏步地走进了茶馆，对店小二说："给洒家来壶好茶！"

那大汉身高八尺，头上裹着上宽下窄万字顶头巾，脑后还有纽丝金环装饰，身穿绿色的战袍，腰间系着一条青色的腰带，脚穿一双黄靴。宽阔的脸颊上面是挺直的鼻子，耳大口方，满脸络腮胡子，看起来是个标准的军官模样。

店小二看到这位军官进来，就对打听王进下落的年轻人说："客官，你要打听经略府的事情，问这位提辖才算问对了人。"

年轻人便忙起身抱拳施礼，请提辖到自己这边坐，并向店小二又要了壶好茶。那提辖见年轻人长得高大魁梧，不解地回礼坐下了。茶端了上来，年轻人才问："不知道您怎么称呼？"

军官痛快地回答道："我是渭州城经略府里面的提辖，叫鲁达。请问您怎么称呼？"

年轻人回答："我是华州华阴县人，叫史进，来渭州城找我的师父王进。他原是东京八十万禁军教头，不知道在没在此经略府中？"

鲁达便问："你是不是华阴县史家村被人称为'九纹龙'的史大郎？"

史进点了点头，鲁达又问："早就听说过你，今天终于有幸得见。你说的王进，是不是在东京得罪了高太尉的那位？"

史进回答："正是。"

鲁达站起来又对史进施礼说："我早就听说过，王教头在高俅还没有做太尉，只是一个街头混混的时候教训过他，谁想到如今高俅做了太尉，要报复王教头。所以，兄弟，你师父王进不在这渭州城。我听说，他去了延安府，去投奔老种（chóng，姓氏）经略相公去了。这渭州城，是由小种经略相公镇守，所以你找错地方了。不过，你既然来到了渭州城，我很高兴，咱们找个地方喝酒去。"说着，就拉着史进往外走。

鲁达挽着史进的胳膊，走出茶馆，在街上走了三五十步后，发现前面围了好多人，看起来非常热闹。史进就说："大哥，我们也去看看。"两个人走近发现，被大家围在中间的那个人一边挥舞棍棒，一边喊着卖膏药。史进认出了那个人，原来他是以前教史进武艺的师父，人称打虎将李忠。史进就透过人群朝李忠叫道："师父，咱们好久不见了。"李忠也认出了史进，问："贤弟不在老家华阴，怎么到这渭州城来了？"

两人就聊了起来，鲁达便说："我要和他找地方喝酒，既然你是史大郎的师父，那咱们就一起去吧。"

李忠说："我的生意还没做完，你们两个人先去，我一会儿去找你们。"鲁达是个急性子，听李忠这么说，便将看热闹的人都推开来，还说："别看热闹了，都散了吧，谁要不走，小心我的拳头。"看热闹的人听鲁达这么说，就都散开了。李忠见人都走了，只好收拾了自己的棍棒和膏药，跟着鲁达和史进一起去了。

三人来到一座桥上，远远看到一家酒楼。鲁达说："这是渭州城里最好的酒楼，今天就带两位兄弟去此处喝酒，咱们边喝边聊。"

三人进了酒楼，找了个包间坐下。由于是常客，酒保认识鲁达，便问："提辖，今天您要多少酒？"鲁达说："先来四大碗吧。"

▲ 渭州遇好汉

酒保又问："提辖，今天要吃什么菜？"

鲁达是个急性子，被酒保这样问，有些急了，就说："你也别问了，有什么好吃的只管端上来。"

不一会儿，酒保端上烫好的酒，还有各种肉和菜。三个人边喝边聊，说些闲话，较量些枪法，正说得高兴，突然隔壁包间传来了一阵阵哭声。鲁达听到哭声，觉得打扰了自己与好汉们的谈话，很生气，就把盘子和碗全部摔到地上。

酒保听到了，赶紧跑过来看。见是鲁达正在气头上，酒保就问："提辖您需要什么，直接告诉我，可别摔东西呀。"

鲁达说："我喝酒的时候最不喜欢被打扰。特别是今天，我和兄弟们在喝酒，隔壁房间为何哭哭啼啼，打扰我们说话？"

酒保连忙赔罪说："提辖您别生气，这哭的正是在我们酒楼卖唱的父女二人，搅扰了提辖您与两位好汉。"

鲁达就对酒保说："你把这父女俩叫过来，我要问问他们到底怎么回事。"

词语沙龙

最能体现鲁提辖见到史进时心情的词语：

◎一见如故：初次见面就像老朋友一样。

◎古道热肠：指待人真挚热情。

第二章

遇不平怒吼

酒保出去了一会儿，便带了两个人来到鲁达三人面前：一个五六十岁的老人，手里拿着一串说唱用的拍板，身旁站着一个十八九岁的女子。女子虽然算不上非常漂亮，但也有些姿色。她身材标致，穿着一件白色的旧衣服，头上绾起一个云鬓，插着一支青玉簪子。从她的穿着看，像是一个穷苦人家的孩子；从装饰看，又像是大户人家的妇人。女子眼角的泪痕还没有完全干，看到陌生人又哭了起来。

鲁达是个直爽的汉子，问道："你们俩是从哪里来的？为什么在此哭哭啼啼的？"

那女子回答道："大人，我们是东京开封人，因为家中变故无法在开封生活下去了。本来和父母商量好一起来渭州城投奔亲戚，但来了才知道，我那个亲戚全家搬去了南京应天府。我的母亲由于长途跋涉，劳累过度，又不幸在渭州染了疾病，所以就病倒在了客店，没过几日就病故了。"说着女子又哭了起来，一旁的老人也忍不住掉下了眼泪。

鲁达说："既然你母亲已经病故，你和父亲再去南京找你那个亲戚，或者再去投奔其他亲戚呀！"

女子听鲁达这么说，就回答道："大人，哪有那么容易，我们从异乡流落到渭州，已经没有多少钱了。把母亲安葬后几乎身无分文。哪有盘缠再去投靠亲戚？我们父女没有办法，只好在酒楼卖唱，希望能攒一点盘缠。"

鲁达听女子这么说才明白，于是开口说："你们是不是因为卖唱生意不好，才在这里啼哭？"

女子擦了擦眼泪说："也不完全是这样。渭州城里有个叫镇关西郑大官人的财主，让媒人强行作保，娶了我做妾。

当初郑大官人还写了一个三千贯钱的聘礼，强行让我父女画押，但我们并没有得到他一文钱。我嫁过去还不到三个月，郑大官人的大老婆就将我赶出了家门，郑大官人还逼迫我们还聘礼钱。郑大官人有权有势，我们怎么敢和他争执？没有办法，我们只好在这酒楼卖唱赚些钱，一大半要还郑大官人，一小半留作盘缠。但是这几天酒楼的客人越来越少，没有赚到钱。我父亲怕郑大官人派人来要钱，不但要受他的羞辱，更要受他的打骂。想到这里，觉得委屈，这才不由自主地哭了起来。没想到打扰了三位客官，希望客官高抬贵手，饶过我们。"说着，父女二人跪了下来。

鲁达扶起二人，问："你们叫什么名字？住在哪个客店？"

▲ 救金氏父女

老头答道："我姓金，排行第二，所以人们叫我金老二；我的女儿叫金翠莲。我们父女俩现在住在前面东门里鲁家客店。"

鲁达又问："那个镇关西郑大官人就叫镇关西吗？他在哪里住？"

老头答道："郑大官人姓郑，绰号镇关西。他在渭州城状元桥下卖肉。"

听老头这么说，鲁达立刻跳起来，一巴掌拍碎了桌子上的酒碗，大骂起来："呸！我以为是哪个郑大官人，原来是状元桥下杀猪的郑屠。这个泼皮无赖，没想到这么仗势欺人！"

鲁达对史进和李忠说："你们两个在这里等着，我先去好好教训那个人模狗样的家伙再来和你们喝酒。"

史进和李忠看鲁达火冒三丈，连忙规劝道："哥哥已经喝多了，下手没轻没重，如果失手伤了人要吃官司的，这事还要从长计议。"两个人劝了三五次才将鲁达劝住。

鲁达对吓得不敢说话的金氏父女说："我给你们一些钱做盘缠，你们明天就动身回东京怎么样？"

金氏父女不敢相信这是真的，连忙回答："如果能回乡去，您就是我们的再生父母。只不过我们住宿的店家肯定不会放我们走的，他要放我们走，郑大官人还得找他要人要钱。"

鲁达笑了笑，说："这个你们就不用担心了，我自有计划。"

说完，鲁达从兜里掏出了五两银子，放在桌子上，然后看看史进说："我今天出门不曾多带银子，你如果带了银子，借我一些，我明天就还你。"

史进听鲁达这么说，便从包裹里取出了十两银子，放在桌子上说："说还钱就客气了，不需要哥哥你还。"

鲁达接着对李忠说："你也借我一些吧。"

李忠慢慢地摸出二两银子，也放在桌子上。鲁达看到李忠那个样子，急得说："看你也不是个爽快之人。"鲁达便把二两银子退还给李忠，只把十五两银子给了金氏父女，并嘱咐他们："你们拿着这十五两银子做盘缠，现在就回去收拾行李。我明天一大早去客店找你们，你们就起身回东京去。有我在，那个店主岂敢拦你们！"

金氏父女听鲁达这么说，千恩万谢，跪拜了好几次才离开。

金氏父女离开后，鲁达、史进和李忠又喝了几碗酒，才醉醺醺地离开了。离开的时候，鲁达对店家说："店家，今天把带的钱都送给别人了，没钱结账，明天再来结账。"

鲁达本就是酒楼的熟客，而且为人豪爽，听鲁达这么说，店主笑着回答："我还怕提辖不来赊账呢。"

鲁达出了酒楼，和史进、李忠分手后就回到了经略府前的住处，到房间里，他晚饭也不吃，气愤愤地睡了，就连主人家都不敢问他。

金氏父女拿了十五两银子回到了客店，金翠莲在客店歇着，金老汉偷偷去城外雇了一辆车，再回来收拾了行李，最后结了房钱、生活费，就在房间里等着了。五更的时候，金氏父女做了早饭，再收拾了行李。天才刚刚亮，提辖便进了客店，大声喊道："小二，金老汉是不是住在这里？"

店小二敲了金氏父女的房门，说："金老汉，鲁提辖来找你了。"

金老汉连忙开门，说："提辖大人，您里面请坐。"

鲁达没有进门，在门外喊："你们还不赶路，在等什么？"

听鲁达这么说，金氏父女便拿着行李，对鲁达行了个礼出去了。谁知他们刚要出客店的大门，就被店小二拦了下来。店小二生气地问："金老汉，账还没有算清楚，你这大包小包的要去哪里？"

金氏父女没有话说，默默地看着鲁达。鲁达不紧不慢地走上前来，问店小二：“为什么要拦着他们，是他们父女少你房钱了吗？”

店小二回道：“他们父女的房钱昨天晚上就结算清楚了。只是他们还欠郑大官人的钱，郑大官人说没还清之前，让我看着他们两个，除了卖唱赚钱，哪里都不许去。”

鲁达说：“郑屠的钱，我来替他们父女还，你先放他们回老家。”

店小二并没有松手，继续挡在门前，叫道：“不行，钱没还，不能走。”

鲁达大怒，一巴掌打在店小二的脸上。店小二哪经得起鲁达这么一打，只一掌，就口中吐血了；鲁达又一拳打掉了店小二的两颗门牙。店主人哪里敢出来阻拦他？金氏父女趁机匆匆忙忙逃离了客店。

鲁达怕店家赶去阻拦或者给郑屠报信，便问店家要了条凳子，坐了两个时辰，估摸着金氏父女已经出城了才起身，径直往状元桥去了。

词语沙龙

最能体现鲁智深仗义救人、做事周全的词语：

◎仗义疏财：讲义气，拿出自己的钱财来帮助有困难的人。

◎扶危济困：扶助处境危急的人，救济生活困难的人。

第三章

拳打镇关西

那个叫镇关西的郑屠原来是个卖猪肉的，因为投靠在小种经略相公门下，生意才越做越大，在状元桥下开起了两间门面。鲁达在桥上，远远地看到郑屠的两间门面中放着两副切肉的案板，在门面前挂着三五条猪肉。门面里，郑屠坐在柜台前，看着十几个伙计切肉卖肉，非常得意。

鲁达走到郑屠的门面前，叫了一声："郑屠！"

郑屠见是鲁达，慌忙从柜台里出来，弯腰行了一个礼，回答道："提辖有礼了。"便叫副手搬了条凳子，放在前面说："提辖请坐。"

鲁达坐到凳子上说："我奉经略相公的命令，来你这买十斤精瘦肉，切成臊子，不要见半点儿肥的在上头。"

郑屠不知道鲁达的计策，见来了生意，就高兴地吩咐伙计："听见没，经略相公要用臊子（臊，sào。肉末或肉丁），你们快点儿选一块上好的，切上十斤。"

鲁达说："不要他们动手，我嫌他们干的活儿不精细，你亲自给我切。"

郑屠点头回答道："好，小人亲自为您切。"说着，在门面前挂着的肉中精挑细选了十斤精瘦肉，仔仔细细地切成臊子。

那金氏父女所住客店的店小二，自鲁达走后，才敢出来，找了块手帕包了头，正飞快地跑来郑屠家报信。可他一到郑屠家的肉铺，就看见鲁达坐在肉铺门边，也不敢靠近，只得远远地站在房檐下偷偷地望着。只见郑屠切了半个时辰，才将十斤肉臊子切好。郑屠将切好的瘦肉臊子用荷叶包好，然后对鲁达道："提辖，我叫人送到经略相公府上去？"

鲁达摆摆手说："不着急，我还要十斤，这次都要肥的，不要见一丁点儿瘦肉在上面，也要切成臊子。"

郑屠道："刚才那十斤精瘦的臊子，怕是经略相公府里要包馄饨，不知道要十斤肥的臊子做什么？从来没人这样买过肉。"

听郑屠这么说，鲁达睁圆眼，大声说道："这是经略相公的命令，吩咐我这样买肉，谁敢问他？"

郑屠道："既然是经略相公的命令，小人再去切就是了。"于是又选了十斤肥肉，也细细地切成臊子，用荷叶包好。

半个多时辰又过去了，郑屠几乎切了一早晨的臊子，直到早饭要结束的时候。报信的店小二也不敢靠近，其他想要买肉的客人也不敢靠近。郑屠将包好的两包臊子放在桌子上，吩咐伙计说："把提辖要的东西拿好，快点儿送到府里去。"

鲁达又摆手说："不急，不急，我再要十斤寸金软骨，也要细细地切成臊子，不要见一丁点儿肉在上面。"

郑屠听了鲁达这个要求，冷笑一声说："我算看出来了，你今天不是来买肉的，是特地来戏弄我的！"

鲁达听郑屠这么说，火冒三丈，立刻跳起身来，把那两包包好的肉臊子拿在手里，瞪圆眼睛看着郑屠说："没错儿，我今天就是特地要戏弄你！"说着，把两包臊子迎着郑屠的脸扔过去，臊子在空中散落开来，就像下了臊子雨似的。郑屠立刻从肉案上拿了一把剔骨的尖刀，跳到大街上，和鲁达迎面对阵起来。郑屠肉铺左右邻居及十几个伙计，包括前来报信的店小二，没一个人敢上来劝架。

郑屠右手拿着尖刀，左手便要来揪鲁达，谁知力道不够，左手反而被鲁达就势按住。鲁达按住郑屠的左手，往郑屠的小腹上踢了一脚，郑屠就被踢倒在了街上。鲁达上前一步，用脚踩着郑屠的胸脯，提起那醋钵儿大小的拳头，骂道："我从投在老种经略相公的门下，做到关西五路廉访使，也不敢叫镇关西。你一个卖肉的屠户，也敢自称镇关西！你如何强骗了金翠莲？"说着抡起拳头打在郑屠的鼻子上。这一拳下去，郑屠的鼻子歪在一边，鲜血直流，像开了个油酱铺一样，咸的、酸的、辣的，一股脑儿都从鼻子里滚了出来。

郑屠早已经没有还手的力气，那把尖刀也丢在了地上，嘴里直喊："打得好！"

鲁达听郑屠叫好，更生气了，骂道："你还敢应口叫好！"提起拳头朝郑屠的眼眶又砸了一拳，打得郑屠的眼珠子都快迸出来了，流出血来，就像开了个颜料铺一样，红的、黑的、紫的，都从眼睛里冒了出来。

两边看热闹的人惧怕鲁达，都不敢上来劝。郑屠受了鲁达这两拳，开始喊饶命。鲁达大喊一声说："呸，你要是和我硬到底，我还就真的饶了你；你现在求饶，我偏不饶你！"又一拳打在了郑屠的太阳穴

▲ 拳打镇关西

015

上，这下，郑屠的脑袋里就像做了一个全堂水陆的道场，磬、钹、铙一齐响。只见郑屠直挺挺地躺在地上，动弹不得。鲁达见情况不妙，故意大声说："这你家伙装死，我还要再打。"但是看到倒下的郑屠脸色都开始变了，鲁达想："我本来就想教训这家伙一顿，没想到三拳真的把他给打死了。这下我肯定要吃官司，不如赶紧离开。"鲁达转身就走，边走边回头指着郑屠的尸身大声骂道："你少给我装死，我明天再找你算账。"

鲁达一回到住处，就急急忙忙地收拾了些衣服、银两，带了一根短棒防身，快速出了南门，一溜烟走了。

郑屠的家人到渭州府衙告状，要捉拿鲁达。府尹了解了事情的经过，对郑屠的家人说："这鲁达是经略府的提辖，按照职权，我不能擅自抓捕他，要去请示经略府相公才可以。"说完乘着轿子去了经略府。

经略府小种相公听说鲁达打死了人，吃了一惊，对府尹说："鲁达这人，原来是我父亲府里的一个军官。因为我这里缺人，就调他过来做个提辖。既然他杀了人，犯了罪，你就依法捉拿他吧。如果他招供，定了他的罪后，也要让我父亲知道，再去执行。"府尹回到州衙，就签发了捉拿鲁达的文书。捕头带了衙役去鲁达的住处捉拿他，但鲁达早已不知去向。

┃ 词语沙龙 ┃

最能体现打死镇关西后鲁达的机智反应的词语：

◎胆大心细：做事果断而又考虑周全。

◎金蝉脱壳：比如用计脱身而又留下假象，使对方不能及时发现。

第四章

逃命雁门县

鲁达离开了渭州，东躲西藏，经过了几个州府，一日，来到代州雁门县。这里很热闹，人来人往，各行的经商者以及商品都很齐全。鲁达往前走，远远地看见前面十字街口围着一群人在看榜文（旧时官府张贴的文告）。

鲁达不识字，就钻进人群里，只听见有人在读榜文："代州雁门县奉太原府命令，捕捉在渭州打死郑屠的犯人鲁达，鲁达原来是经略府提辖。如果有人私自藏他，或者提供给他住处和饮食，则和他同罪；如果有人能抓住鲁达，或知道鲁达行踪告诉官府，赏钱一千贯。"鲁达正听着，忽然听见背后有一个人大叫一声："张大哥，你怎么在这里？"那人就抱住了鲁达的腰，拉着他离开了。

鲁达转过身来看，拉他的不是别人，正是在渭州酒楼上被他救过的金老汉。金老汉将鲁达带到一个僻静的地方，说道："恩人，你好大胆！现在到处有官府张贴的海捕文书，出一千贯赏钱捉拿你，你怎么还敢凑过去看榜？如果不是恰巧被我看见，免不了要被官府抓了去呀！"

鲁达说："我不识字，看见这么多人看热闹，就上前去探听。不瞒你说，为了你们那件事，那天我来到状元桥下，本想稍稍惩罚郑屠一顿，没想到三拳就将他打死了，怕惹上官司我不得不逃命。一路上走了四五十天，没想到在这里遇见你。我不是让你们父女回东京去吗？你们怎么会在这里？"

金老汉说："恩人听我说：自从您救了我们父女，我找了一辆车子，本来想要回东京去的，但怕郑屠带人追上来，所以没有回东京去。我们沿着路向北走，路上遇见了一个在东京时的老邻居，他来这里做买卖，就带着我们父女俩来到了这里。也幸亏他给我的女儿做媒，把她介绍给了这里的一个大财主赵员外，将我女儿养在了外宅，从此我们全家丰衣足食，不愁吃穿，这一切都要感谢恩人您哪！我女儿常常对赵员外说起提辖的大恩。那个赵员外也喜欢弄棒习武，常说：'要是能见上你们那个恩人一面就好了。'我们全家可都在盼着恩人您，现在既然这么有缘再遇到恩人，那就请您去家里住上几天吧。"

金老汉带着鲁达走了不到半里路，到了一座宅院前，进了屋子，金老汉就大喊道："女儿，我们的恩人来了。"

金翠莲听父亲这么喊，赶紧出来迎接。等鲁达进入房间坐好，金翠莲对鲁达拜了六拜，说道："如果不是恩人的解救，我们怎么会有今天的好日子。"鲁达再去看金翠莲时，她已经是另一番风韵，和以前的打扮完全不同了。

金翠莲拜完，就请鲁达去楼上坐。鲁达感觉他们太客气，就说："不必麻烦，我还要赶路，就不多待了，告辞。"

金老汉拉着鲁达的衣袖说："恩人既然到了这里，我们还没报答恩情，怎么会放您离开？"说着将鲁达手中的短棒、包裹接过来，然后请他上楼。

待鲁达坐好，金老汉对女儿说："你陪恩人坐坐，说说话，我去安排饭菜。"

鲁达说："不用麻烦准备，随便弄些饭菜就行。"

金老汉却说："提辖的大恩，我们即使以死来报答，也偿还不了，多准备几个酒菜是应该的。"金翠莲留鲁达在楼上坐着说话，金老汉下了楼，吩咐丫鬟把火烧好，然后带上了家中的仆人，上街去买了些上好的鲜鱼、嫩鸡、酿鹅，还有新鲜的蔬菜水果。回到家，又忙活了好一会儿，才将酒菜做好。弄了满满一桌酒菜，用银酒壶烫了好酒端上桌子，金氏父女二人轮番给鲁达敬酒。几杯酒下肚后，金老汉倒地跪拜在鲁达面前。鲁达连忙搀扶起金老汉说："老人家行这么大的礼，真的是折杀我了。"

金老汉说："恩人听我说，我们父女一直感激提辖您的恩情，一到这里，就在红纸上写上您的姓名，早晚都要上一炷香，拜上几拜，希望提辖平安长寿。今天遇到真人了，怎么能不拜？"

鲁达听金老汉这么说，感慨地说："难得你们这片心了。"

三个人慢慢地饮酒。天渐渐变黑，突然听见楼下吵嚷起来。鲁达开窗看时，只见楼下有二三十人，每个人手里都拿着一根白木棍棒，口里不停地喊叫着要捉拿什么人。这一群人中，有一个人骑在马上，大声对其他人说："千万不要让这贼人逃走了！"

鲁达以为是官府派人来捉拿他的，连忙拿起身边的凳子，就要从

楼上冲下去。

金老汉连忙拦住他，说："提辖先不要动手，我下去看看再说。"说着，就抢先下楼去了。金老汉下楼后，径直走到那个骑马的人身边，说了几句话，那人笑了起来，便让那二三十人各自散去了。

然后，那骑马的人下了马，进入房间里来。金老汉请来鲁达，那人扑通一声便拜，说："早就听说提辖的大名，没有机会见面，今天终于见到提辖真人了，请受我一拜。"

鲁达非常纳闷，便问金老汉："这个人是谁？我和他素不相识，

他为什么要拜我？"

　　金老汉说："他就是我说的赵员外。刚才他误听人说我带了一个陌生男子到家里吃饭喝酒，生了误会，因此引了几个庄客来打听情况。我刚才给他说了经过，他就叫庄客们散了。"

　　鲁达说："原来如此。这倒也不能怪员外。"

　　赵员外请鲁达上楼坐好，金老汉又添置了一些饭菜酒具和杯盘。赵员外请鲁达上座，鲁达推辞了一番。赵员外说："略表敬意，还请提辖不要客气。我今天见到您，实属三生有幸。"

鲁达说："我是个粗人，又惹了杀人的官司。今天员外这样客气地招待我，以后但有用得上我的地方，只管吩咐。"听鲁达这么说，赵员外非常高兴，就详细问起了鲁达打死郑屠的事，又说了些闲话，讨论了些枪法。吃饭喝酒到半夜才回各自房间去歇息了。

第二天天明，赵员外对鲁达说："这里不安全，请提辖到我的庄子上住一段时间吧。"

鲁达问："贵庄在什么地方？"

赵员外说："离这里有十里多路，名叫七宝村。"鲁达爽快地答应了。赵员外就安排人去自己庄上牵了两匹马，又叫庄客带上鲁达的行李。鲁达骑上马，告别了金氏父女二人。到了家，赵员外拉着鲁达的手，将他带到正厅里，分宾主坐下来，并吩咐手下杀羊置酒招待鲁达。晚上又安排人特地收拾了客房让鲁达安心住下。第二天，赵员外又好酒好肉招待鲁达，鲁达感觉有些不好意思，就说："员外这样招待我，我真不知道怎么报答。"赵员外摆摆手回答道："四海之内，都是兄弟，提辖再别说报答之事了。"

| 词语沙龙 |

最能体现金氏父女对鲁达情感的词语：

◎知恩必报：知道受了人家的恩惠就一定予以报答。

◎结草衔环：比喻感恩图报，至死不忘。

第五章

落发文殊院

鲁达在赵员外庄上住了五七日。一天，他和赵员外正在书院里闲坐说话，只见金老汉急急忙忙地来了。金老汉头上冒着汗，见四周没人，才对赵员外和鲁达说："恩人，不是我老汉多心，有个消息你得留意。前几天我请你在我家楼上吃饭，员外听了别人报信，引了那二三十个庄客来探看，虽然后面散了，但这件事都传开了。昨天有衙门当差的来打听这件事，只怕是要来捉拿您。如果真的是这样，我们该怎么办？"

鲁达听金老汉这么说，知道自己的行踪可能已经暴露，便对金老汉和赵员外说："不能连累你们，我还是走吧。"

赵员外拦住鲁达说："如果留提辖在我庄上继续住，怕是迟早要走漏风声；如果不留提辖，我们不就成了忘恩负义之人吗？我有个主意，可以说万无一失，保证提辖您安身避难，只怕提辖您不愿意。"

鲁达说："我是个犯了死罪的人，能有个地方安身已是万幸了，还有什么不愿意的？"

赵员外见鲁达这样痛快，就说："既然提辖这么说，我就放心

知识加油站

道场

一般指修行求道的处所，也泛指佛教、道教规模较大的诵经礼拜仪式。

了。离我庄上三十多里有座山，叫作五台山，山上有一个文殊院，原是文殊菩萨的道场。寺院的住持智真长老，和我一直有往来。我祖上曾捐钱给文殊院，是寺院的大施主。我曾许下一个愿望，要剃度一个僧人在寺里，已早早地买下一道五花度牒（指旧时僧、道出家的书面凭证），只不过一直没有合适的人了

我这一心愿。如果提辖愿意，一切花费都由我来出。不知道提辖肯不肯落发为僧？"鲁达心想："如果我现在不出家当和尚，还能投奔谁呢？还不如当了和尚，图个平安。"便说："既有员外做主，我情愿做个和尚，只是麻烦员外了。"当时说好了，赵员外令人连夜收拾好了衣服盘缠，准备了缎匹礼物。

第二天大清早，鸡刚啼鸣，赵员外就吩咐几个庄客挑着准备好的东西，朝五台山出发了。辰牌（指晨刻，上午七时至九时）后，就已经到了五台山下。赵员外和鲁达两个人各乘坐一顶轿子，还没等上山，早有人上前通报了。等到鲁达和赵员外到寺庙前，寺院中都寺、监寺早已出来迎接了。鲁达和赵员外两个人下了轿子，在门外的亭子里坐下。文殊院的智真长老带着首座、侍者等人，也出门来迎接。

赵员外和鲁达向前施礼，长老还了礼，说："施主真是稀客，好不容易才上一趟山。"

赵员外答道："有些小事，特地上山来打扰长老。"

长老于是请赵员外一行进入寺庙吃茶。赵员外走在前面，鲁达跟在背后。看那文殊寺，果然是一座好寺庙。庙门前有很多树，郁郁葱葱的，雄伟的佛殿威严地矗立着，佛殿内木鱼声、诵经声齐整地传来。

长老请赵员外和鲁达去了他的禅房。长老和赵员外依照主客的位置坐下，鲁达看到长老的下首位置没人，就一屁股坐在了禅椅上。赵员外看见了，低声对他说："你是来这里出家的，怎么就面向长老坐下了？"

鲁达不好意思地说："我是个粗人，不懂得这么多道理和规矩。"就起身站在了员外的旁边。寺庙中的首座、维那、侍者、监寺、都寺、知客、书记等人，按照次序排成东西两排站着。庄客们把轿子安顿好后，一齐将带来的东西搬进来，摆在了大家面前。

长老见这么多东西，就说："平时施主已经多有照顾，怎么今天又带了这么多礼物上山？"

赵员外回答说："都是些小礼物，不值得记挂在心！"便叫小和尚将礼物抬进去，才又接着说："我今天有件事麻烦长老：我以前有个心愿，想剃度一位有缘人，让他替我出家修行，度牒和词簿早已准备好了，只是一直没有合适的人。今天我带过来的这个表弟姓鲁，以前在关西当过兵，因为感觉尘世艰辛，自愿出家为僧，希望长老慈悲收留他，剃度他为僧。所有需要的东西，都由我来准备，希望长老成全。"

长老看了看鲁达，说："这是个光

耀我们寺庙的事，容易容易。"说完，有小和尚端上茶来，长老陪赵员外喝完茶，就叫首座、维那等人去商议怎么给鲁达剃度，并吩咐监寺、都寺，给鲁达与赵员外安排斋食。

首座担忧地和众人商量说："这个要出家的人，眼神中露出凶狠之相，一看就不像出家人的模样呀。"

众僧对寺知客说道："知客，你去长老的房间邀请那几个客人去客馆里坐坐，我们有事情要和长老商议。"知客于是进了长老的房间，请赵员外、鲁达到客馆里歇息。首座带着众僧进入长老的房间，对长老说："刚才这个要出家的人，面有凶相，若剃度了他，日后若他闹出什么事情，恐怕会连累我们。"

长老回答："他是赵施主的兄弟，我们怎么能不给他这个面子？你们先不要多疑，等我入定看一看。"说着，长老点燃一炷香，盘着腿坐上禅椅，闭起眼睛念起了咒语。一炷香的时间过去了，长老睁开眼睛，对大家说："你们只管剃度他就是。此人原是天上的星宿，心地非常耿直。虽然他现在凶恶，可能不服管教，但时间久了就能保持清净，修成正果，你们都比不上他。"

首座听长老这么说，有些不高兴，说："长老您这是在护短，日后如果他闹事，您可别怪我们没有劝阻您，那我们就听从您的安排吧。"

长老和赵员外、鲁达用过斋饭后，监寺罗列了剃度所需的东西。赵员外拿出了些银两，教庄客去买所需的东西；寺里做了僧鞋、僧衣、僧帽、袈裟等东西。过了一两天，需要的东西全部

> **知识加油站**
>
> **入定**
>
> 僧人修行的一种方法，闭目打坐，就可以做到不生杂念，和鬼神相通，知道世间一切过去、未来的事情。

准备好了，长老就选了一个吉利的日子，教和尚们鸣钟击鼓，把寺院里的所有和尚都召集在法堂内。和尚们整整齐齐地排好队，足足有五六百人。这些和尚个个身披袈裟，都坐在法座上合掌作礼。赵员外取出银子、表礼（旧时送人用的衣料）、信香，向法座前拜了拜。祝祷文诵读完后，小和尚带着鲁达到法座下面。维那将鲁达的头巾摘了下来，把他的头发绾起来。剃头发的人先把鲁达头发全都剃了，正要去剃胡子时，鲁达说："要不胡子就留着吧。"和尚们听鲁达这么说，都忍不住笑了起来。智真长老说："头发和胡子都剃了，才算六根清净，都剃除吧。"剃度完毕，首座将度牒拿到长老的跟前，请长老为鲁达赐法名。长老拿着空头度牒，说道："灵光一点，价值千金。佛法广大，赐名智深。"这样，鲁达就有了智深这个法名。

长老赐名后，把度牒传给书记僧，书记僧填写了度牒，交给鲁智深收着。长老又赐给鲁智深僧衣和袈裟，智深穿上了僧衣和袈裟，监寺带着他来到长老面前，长老把手放在鲁智深的头上说："一要归依三宝，二要归奉佛法，三要归敬师友：此是'三归'。'五戒'者：一不要杀生，二不要偷盗，三不要邪淫，四不要贪酒，五不要妄语。"

鲁智深不知道按规矩只需回答"能"或者"不能"就可以了，却说："我记住了。"引得众僧都笑起来，仪式完毕，赵员外将准备给大小职事僧人的礼物都分给了他们，鲁智深见过了他的师兄师弟，又去僧堂背后的丛林里选了打坐的地方。

第二天赵员外要回家去，长老苦留不住。吃过早斋，文殊院的大小僧人一起送赵员外出了门。赵员外合掌对长老说："长老和各位师父在上，凡事慈悲。我的表弟智深，是个愚钝粗鲁的直爽人，刚刚出家入佛门，如果有礼数不周，或者说了什么不该说的话，犯了清规，请大家看在我的薄面上，担待他一下吧。"

▲落发文殊院

长老说："员外您请放心，我会慢慢地教他念经诵咒。"

赵员外谢过长老，又把鲁智深叫到跟前，低声对他说："进了这寺院，做了和尚，和以前都不一样了。以前你是个提辖，说话做事直爽，性格大大咧咧，都无所谓。但是佛门规矩多，可不要像以前那样了，要遵守佛门的规矩。如果不这样，在这文殊院恐怕也待不久。你早晚换洗的衣服，我会派人送来。"

鲁智深点点头，答应了赵员外，依依不舍地送他下了山。

| 词语沙龙 |

最能体现赵员外品性的词语：

◎慷慨仗义：为了情谊豪爽地帮助别人，也指挺身而出以主持正义。

◎积德行善：泛指做好事。

第六章

醉闹五台山

鲁智深回到寺中，往禅床上一倒就睡觉了。左右两个打坐的和尚马上推他起来，说："这样可不行。你既然出家做了和尚，怎能不学着坐禅？"

鲁智深只觉得自己的觉被打扰，非常不高兴，说："我睡我的觉，关你们什么事情？"

和尚们非常无奈，口中念道："善哉！善哉！"

鲁智深听和尚们这么说，就问："我吃过甲鱼，你说的'鳝哉'是什么？"

一个和尚说："我是在叫苦！"

鲁智深说："甲鱼肉肥甜好吃，怎么会苦呀？"

和尚们见和他讲不通，就不再理他，由他睡去了。

第二天，和尚们要去找智真长老状告鲁智深的这些无礼行为，首座劝他们说："长老说他以后正果非凡，我们都比不上他，我看他就是护短。你们没有其他办法，不要和他一般见识就行了。"和尚们只得回去了。

鲁智深见没人再来说他，每天晚上睡觉的时候，便自顾自地横躺或者竖躺，呼噜打得震天响。如果半夜起来上厕所，也故意发出很大的声响，到佛殿后随处大小便，弄得遍地都是屎尿。

侍者终于忍不住了，就告到长老那里说："这个鲁智深不懂得一点佛门规矩，完全没有出家人的样子，我看我们这里是留不得这样的人了。"

长老严厉地说："胡说，且看赵施主的面子，他以后肯定会改过来的。"从此以后，没人敢再去说鲁智深了。

鲁智深在五台山文殊院中，不知不觉过了四五个月，他也渐渐适应了寺院里的一些规矩。但他始终觉得不自在。冬天来了，一个大晴天里，鲁智深决定到山门外走走，活动活动，就穿好了衣服，大踏步走出了寺院。不一会儿，鲁智深就走到了半山坡的亭子中，他坐在凳子上，心想："我平时每天都有好酒好肉吃，自从出家做了和尚，都饿惨了。赵员外这几天又不派人给我送好吃的来，嘴里都没滋味了。今天无论如何，都要弄点酒喝！"

鲁智深正坐在亭子里想喝酒的事情，远远地看到一个汉子，挑着一副担子走了过来，担子两边各挂了个桶。那汉子手里拿着一把扇子，边走边唱："九里山前作战场，牧童拾得旧刀枪。顺风吹动乌江水，好似虞姬别霸王。"

鲁智深听不懂那个人唱的曲儿是什么意思，就盯着那个汉子挑的桶。很快，那个人走上山来，也坐在亭子里休息。

鲁智深问："你那桶里装的是什么

东西？"

那汉子回答："是好酒！"

鲁智深又问："多少钱一桶？"

那汉子没有回答，反而问鲁智深："你这个和尚，难道也要买酒喝？"

鲁智深回答："你看我像是和你开玩笑吗？"

那汉子听鲁智深这么说，后退了一步，说："我这酒从山下挑到山上，只卖给在寺院里干活的人，像那些烧火做饭的、轿夫等，但是不能卖给和尚。文殊院的长老早就说了：如果谁把酒卖给和尚们，不但要追回酒钱，还要将卖酒的赶下山去，永远不允许做山上的买卖。我怎么敢卖酒给你喝？"

鲁智深又问："你真的不卖给我酒？"

那汉子回答："就算杀了我我也不卖！"

鲁智深说："我也不杀你，就是想在你这里买酒喝。"

那汉子听鲁智深这么说，有些害怕，挑起担子就要走。鲁智深赶上前来，双手拉住扁担踢了那个汉子一脚，那汉子经受不住这一踢，双手捂着肚子蹲在地上，好长时间都动弹不得。鲁智深把那两桶酒提回了亭子，然后开了一桶酒，便舀着喝了起来。不一会儿，一大桶酒就被鲁智深喝完了。鲁智深喝得痛快，对地上蹲着的汉子说："明天别忘了来寺院里拿酒钱。"

那汉子本来就怕寺里长老知道他卖给和尚酒，哪里还敢去寺院要钱？就把剩的一桶酒分成两个半桶重新挑上，飞快地下山去了。

鲁智深喝完酒，就在亭子里坐了半天，酒劲全部上来了。他走出亭子，又在松树下坐了会儿，但酒劲越来越大。鲁智深感觉身上开始发热，就把裤子挽起来，把上衣脱了，把两只袖子缠在腰里，露出脊背上的文身来。他醉醺醺的，面红耳赤，东倒西歪地上山来。

鲁智深走到寺院前，两个看门的和尚远远地望见，拿着竹棍在门口拦住鲁智深，大声问："你是佛门弟子，怎么喝得烂醉？你没看见寺院里张贴的告示：但凡有和尚破戒喝酒，打四十竹棍，赶出寺去。如果守门僧人纵容醉酒僧人入寺来，也要打十棍。你快下山去，我们还能饶你这四十竹棍。"

鲁智深一来做和尚没多久，二来原来的火暴脾气未改，瞪大双眼说道："你们两个要打我？那就过来打。"说着往前靠过去。

看门的和尚见势头不好，一个跑到寺院内去报告监寺，一个想用竹棍拦住他。鲁智深用手隔开竹棍，伸出手掌，一巴掌打在和尚的脸上，打得和尚踉踉跄跄的。鲁智深上前去又打一拳，打得那个和尚不停地在地上求饶。鲁智深说："我先饶过你。"便东倒西歪地进寺院去了。

监寺听了看门和尚的禀报，叫上了二三十人，每个人手里拿着木棒冲了出去，迎面刚好遇见鲁智深。鲁智深看见这么多人，大吼了一声，就像平地起一声惊雷。众人吓了一大跳，都慌忙退到大殿里去，想赶紧把门关上。鲁智深却抢先一步，一脚就把门踢开了。那二三十人都没了退路，只能握紧手中的木棒和鲁智深打起来。监寺赶紧派人去报知长老，长老急忙带着三五个侍者赶了过来，看到鲁智深，就大声喝道："智深不得无礼！"

鲁智深虽然喝醉了，但还是能认出长老，就扔掉抢过来的木棒，上前行礼，对长老说："我只是喝了两碗酒，又没有得罪他们，他们干吗这么多人来打我？"

长老说："赶紧回去睡吧，有什么事情明天再说。"

鲁智深看着对面的和尚，醉醺醺地说："今天要不是看在长老的面子上，非得好好教训你们不可！"

▲ 醉闹五台山

长老叫身边的侍者扶鲁智深回了他的禅床。鲁智深一到禅床上，倒头就睡了。等到鲁智深离开，和尚们才敢围着长老诉苦，说："我们之前就劝过长老，此人留不得，看今天的事情应验了吧？我们寺里不能继续留着他了，免得乱了寺规！"

长老回答："我早就说过，这个人现在虽然有些麻烦，但日后肯定能修成正果。就算看在赵员外的面子上，这次就饶过他吧。我明天再找他好好谈谈。"

和尚们听长老这么说，都不服气，私下冷笑着说："真是个分不清好坏的长老。"然后各自散去了。

第二天刚吃过早饭，长老派一位侍者来找鲁智深时，他还没起床。等叫醒他，他马上穿了衣服，光着脚跑出去了。侍者非常吃惊，就跟了出来，只见他正在佛殿后撒尿。侍者忍不住笑了起来，等他方便完毕，才说："长老请你过去。"鲁智深就跟着侍者去了长老的房间。长老见到鲁智深，语重心长地说："智深呀，你虽然是个武夫出身，但是如今已经剃度为僧，我也教了你'不可杀生，不可偷盗，不可邪淫，不可贪酒，不可妄语'。你昨天为什么喝醉了酒，还打伤了看门的师兄弟？你怎么忘了我告诉你的五戒呢？"

鲁智深知道自己犯了错，非常惭愧，就跪下说："我知道错了，今后再也不敢了。"

长老又说："你既然出家，就不应该破酒戒，乱了寺院的清规。若不是看在赵员外的面子上，昨天就该把你赶出寺院了。希望你以后别再犯这样的错了！"

鲁智深双手合十说："不敢了，不敢了。"长老就留他在房间里，安排他吃了早饭，又好好地劝了他一番，还送给了他一件僧袍和一双僧鞋，才叫他回僧堂去了。

鲁智深自从喝醉酒闹了这一次，一连三四个月，都没出寺门。直到了二月的一天，天气暖和，他才又出了寺院在山间散步。突然听见山下传来叮叮当当的响声，就回僧堂里取了些银两，走下山去。下了山，他发现山下有个街道，大约有六七百户人家。街上有卖肉的，有卖菜的，也有酒店、面店等。鲁智深心想："早知道有一个这么好的去处，还用得着去强买那个汉子的酒吗？闲了没事，我自己下山来这里买点酒喝，不也很快活嘛。"鲁智深正想着，就听到了一阵叮叮当当的声音，他循着声音向前走去，看见三个人在打铁，就问："你们这里可有上等好铁吗？"

那铁匠看见鲁智深是个和尚，但长相凶狠，有些害怕，回答说："师父请坐，你要打什么东西？"

鲁智深说："我想要打一条禅杖、一口戒刀，不知你这里有没有上等好铁？"

铁匠说："我这里刚好有一些好铁，不知道师父你要打多重的禅杖、戒刀？"

鲁智深想都没想就回答说："我要打一条一百斤重的禅杖。"

铁匠笑了笑，说："重了，重了。师父，不是打不了，就是怕师父你使不动。就是关羽关王爷用的刀，也只有八十一斤。"

鲁智深听铁匠这么说，有些不高兴地说道："我怎么就比不上关王爷了，他也不过是个人。"

铁匠看鲁智深有点儿不乐意，忙说："一般来说，打条四五十斤重的，也非常重了。"

鲁智深说："那就按你刚才说的，和关王爷的一样，也打个八十一斤的。"

铁匠说："师父，打得太粗不好看，也不好使。依我看，您就打一条六十二斤的水磨禅杖吧，我用好铁为您好好打。"

鲁智深听铁匠这么说，就答应了，问："我打两件兵器要几两银子？"

铁匠说："五两银子。"

鲁智深便给了铁匠五两银子，还说："如果你打得好，我还会赏你。"

铁匠接了银两，听鲁智深这么说，非常高兴，说："我一定好好打。"

鲁智深给完了银子，离了铁匠家，便去寻酒喝了。

| 词语沙龙 |

最能体现鲁达在五台山这段日子里的性格特征的词语：

◎不拘形迹：形容言谈举止随便，不为礼节所限。

◎豪放不羁：形容人性情豪迈直爽，不受拘束。

第七章

愧投相国寺

　　鲁智深走了不到三二十步，看见一个酒馆，就走进去坐下来，敲着桌子，叫道："拿酒来！"

　　卖酒的店家认出了鲁智深，就说："师父别怪罪，我住的房屋是寺里的，做生意的本钱也是寺里的。长老早已下了命令：谁敢卖给咱们文殊院的僧人酒喝，不仅要追回本钱，还要将我们赶走，所以我不能卖酒给你喝。"

　　鲁智深不耐烦地说："你卖我一点儿，我不会说是你卖给我的。"

　　店主说："我可不敢，师父还是去别的地方看看吧。"

　　鲁智深没办法，只能站起来，走出酒馆。走了几步又看到一家小酒馆，鲁智深就走进去，坐下叫道："店家，快点儿上酒。"

　　店主见是鲁智深，也不肯卖给他酒，鲁智深坐着不走，但不管他怎么说，店主都不卖酒，鲁智深只能不情愿地离开了。鲁智深一连进了三五家酒馆，可没一家敢卖酒给他喝的。

　　鲁智深想："如果不想点别的办法，今天肯定是喝不到酒了。"他一直往前走，走到街边最后一个酒馆，靠窗坐下来，对店主说："主人家，我是过往的僧人，来你这里买碗酒喝。"

店主不认识鲁智深，就问："你是哪里来的和尚？"

鲁智深说："我四处行走，如今走到你们这里，就想买碗酒喝。"

店家有些不信，继续说："如果你是五台山文殊院里的师父，我可是不敢卖给你酒喝的。"

鲁智深不耐烦地说："我不是，别絮叨了，快点儿拿酒出来吧。"

店家见鲁智深不像本地人，就问："你要买多少酒？"

鲁智深回答："先别问多少，大碗的酒你只管端上来。"

喝了十来碗酒后，鲁智深又问："有什么肉，上一盘给我吃。"

鲁智深就着肉又喝了十来碗酒，哪里停得住，就又要了一桶，然后才把剩下的肉揣在怀里，出了门，向五台山上去了。

鲁智深走到了半山的那个亭子中，觉得累了，就坐下休息会儿。他只觉得身上的酒劲上来了，就跳起来，自言自语道："好长时间没有施展拳脚了，胳膊腿都不得劲了，且让我耍上一阵！"

鲁智深出了亭子，脱了上衣，耍了起来。他耍了一会儿，一掌打在亭子的柱子上，只听"哗啦"一声，柱子被打折了，亭子瞬间坍了半边。

鲁智深看了看亭子，然后就继续上山去了。五台山上守门的和尚听到半山里响，出门来看，只见鲁智深一步一拐地上山来。两个守门的和尚之前被喝醉的鲁智深打过一次，这次也不敢直接顶撞他，见鲁智深又喝醉了，赶紧把大门关起来，只在门缝里偷偷看。

鲁智深走到门前，见寺门已经关了，就抡起两个拳头使劲敲门，就像擂鼓一样。两个守门的和尚既害怕又不敢开门，只能硬着头皮顶着门。鲁智深敲了好大一会儿，见门还没开，转身看见门外的泥塑金刚手握拳头，睁大眼睛张开大口看着自己，就大喝一声："你这个大汉，不替我敲门，却握着拳头来吓我，我可不怕你。"说着，跳到金刚的前面，拿

▲ 醉酒折亭子

起一根木头，就朝那个金刚腿上打去，金刚身上的泥和颜色都被打脱落了。守门的和尚从门缝里看到，赶紧去报告智真长老。鲁智深打完左面的金刚，看右面的金刚也张大嘴巴非常生气地看着自己，又大喝一声："你也张开大口，来笑话我。"就拿起棍子朝右面的金刚脚上砸去，三五下，右边的金刚也倒地了。看两边的金刚都被自己打坏了，鲁智深拿着打折的木棍大笑起来。

长老知道了这件事，就对报信的和尚说："你们去忙自己的吧，不要去惹他就是了。"首座、监寺、都寺等人听说此消息后也赶了过来，对长老说："这家伙今天醉得比上次还厉害，不但打坏了半山的亭子，还把我们山门下两座金刚都打坏了。这可如何是好？"

长老说："从古到今，就连皇帝都知道躲避醉汉，何况我们出家人。如果他真的打坏了金刚，就请他的兄弟赵员外来重新塑新的就行了；如果他打坏了亭子，也让他重新修盖。"

大家说："那门前的金刚是我们寺院的象征，怎么能说换就换？"

长老说："别说打坏了金刚，就是打坏了殿上的佛祖雕像，我们也没办法，先回避他。你们没见到他前段时间喝醉酒打起人来多么厉害吗？"

和尚们退出了长老的房间，私下说："好个糊涂长老！我们先不回去，去门口看看。"

一行人来到门口，只听鲁智深在门外大叫道："快放我进去，要不然我一把火将寺院烧了！"和尚们听鲁智深说要烧了寺院，更不敢开门了，只得喊看门的："拿掉门上大栓，由他进来。不然他真能做出来。"看门的只好把门栓拽了，飞也似的闪开了。鲁智深撞开了寺门，就朝僧堂走了过来。走到僧房的佛场中，和尚门正在打坐，看见鲁智深大醉进来，都吓了一跳，但是不敢跑，只能低头继续打坐。

鲁智深来到自己打坐的位置，刚一屁股坐下，就觉得肚子不舒服起来，"哗啦"一声吐了一地。顿时传来一股酒臭味，打坐的和尚们一齐用袖子捂住鼻子。鲁智深吐完觉得舒服了不少，就倒下来，脱衣服准备睡觉，突然衣服里裹着的肉掉了出来。鲁智深看到肉，就说："哈哈，刚好饿了！"便拿起肉哨了起来。和尚们见鲁智深破坏寺规吃起肉来，纷纷用袖子挡住了脸。

鲁智深见状，拿起肉就往他们嘴里塞，左面的和尚用袖子堵住嘴，没有吃进去，右边的和尚还没来得及堵住嘴巴，就被鲁智深塞把肉到了嘴里。右边的和尚边流泪边喊："罪过，罪过。"一起打坐的和尚过来劝阻，鲁智深左一拳右一腿便将他们全部打散了。满屋子的和尚被鲁智深又踢又打，疼得不能忍受，就去取了衣钵要逃命去。鲁智深也跟着出来，在走廊里、院子里追着那些和尚又是一阵拳打脚踢。

监寺、都寺见告诉长老也没用，就叫上寺里的和尚和做工的人，总共一两百人拿着棍棒来对付鲁智深。鲁智深见自己手上没有兵器，就折回僧房，把佛像面前的供桌推翻，卸下桌子的两条腿，从佛堂里打了出来。和尚们见鲁智深拿着两条桌腿，大喊着往后退去。鲁智深追上他们，抢起棍子就打。众人一直退到法堂，鲁智深追着他们一直打到法堂下，直到智真长老赶过来。智真长老大喝一声："智深不得无礼。"

众人见长老来了，就扔了手里的棍棒,说："长老，你可要为我们做主。"

这时候，鲁智深的酒劲慢慢地退了下去，渐渐地清醒了，也扔掉了手里的桌腿。长老看着他说："智深，你前段时间醉酒闹事，我已经饶过你一次。你的表兄赵员外特地写信给大家赔罪才算过去。你这次又喝醉酒，不但乱了清规破了酒戒，还打塌了亭子和寺院门前的金刚。我这文殊菩萨道场，几百年了都是个清净的地方，怎么能容你这么不守规矩的人！我看你还是去寻其他地方吧。"

第二天，长老找来首座商议："给智深一些盘缠，让他去其他地方。但他是赵员外送上山来的人，我们还是要先通知赵员外。"于是，长老写了一封信，给山下的赵员外送去。赵员外看了信，觉得非常惭愧，就回信说："智深打坏的金刚、亭子，赵某这就派人来修。智深听从长老您的发落。"

长老看了回信，就让侍者拿了几件换洗的衣服，一双僧鞋和十两白银，交给鲁智深说："智深，我这里你是待不得了，我有一个师弟，现在东京的大相国寺当住持，叫作智清禅师。我写一封信，你拿着书信去找他，让他给你安排个事情做。"

鲁智深听了长老的安排，就跪下拜了长老九拜，然后背了自己的行李，拿了书信下山去了。鲁智深下山后，径直去了铁匠铺等候了几天，拿了自己的禅杖、戒刀后就投奔东京去了。

┃ 词语沙龙 ┃

最能体现鲁智深被赶出五台山文殊菩萨道场因由的词语：

◎屡教不改：多次教育，仍不改正。

◎我行我素：不管别人怎样，只顾按照自己平素的一套去做。

第八章

大闹桃花村

　　鲁智深自从离开了五台山文殊院，就一路往东京走去。走了半个多月，一天晚上，正无处寻住宿之处时，远远看见一处树林后有一家院子灯火通明，鲁智深便想上前去借宿。谁知鲁智深刚刚说明借宿之意，院子里的庄客却说："和尚，不是我们不愿意收留你，只是我们庄子今晚有事，你去别的地方投宿吧。"

　　鲁智深走了一天也累了，就说："我不会打扰你们的事，随便找个地方让我睡一觉就行，明天一大早我就离开。"

　　那个庄客还是不答应，还说："你赶紧走开，不要留在这里找死！"

　　鲁智深听了庄客的话，有点儿生气了："我只是借宿一晚上，怎么说得这样难听！"

　　那个庄客不耐烦了，就边推鲁智深边说："走走走，赶紧走，再啰唆，我就找人把你捆起来！"

　　听庄客这么说，鲁智深也恼了，大怒说："你这个家伙怎么这么不讲理，你凭什么要把我捆起来？"

　　说着两个人吵了起来，后面几个庄客听到吵架声，也有凑上来骂的，也有来劝鲁智深离开的。正在这时，从房子里面走出来一位六十多岁的老人，大声问庄客们："你们在这里吵什么？"

庄客回答说："这个和尚赖着不走，还要打我们。"

鲁智深说："我是五台山来的僧人，要去东京办事。今天实在太晚了，想在你们庄上借宿一晚。没想到这几个家伙不但不同意，还要用绳子捆我！"

老人见鲁智深是和尚，就说："既然是五台山来的师父，那就进来吧！"

老人带鲁智深进入房子正中央厅堂，分宾主坐下。老人打量了鲁智深一下，说："师父你不要怪罪，不是他们不放你进来，老汉我也是个信佛的人，只是今天晚上我庄子上的确有事，不方便收留外人。不过既然师父已经来了，就在我们庄子上歇息一晚吧！"

鲁智深听老人这么说，就更好奇了，说："感谢施主收留，不知道您这个村叫什么村？您怎么称呼？今天晚上到底有什么事情？"

老人说："我姓刘，我们村叫桃花村，人们都叫我桃花村刘太公。其他的师父就不要问了，等会儿给你准备一些饭菜，您吃了就休息去吧！如果晚上听到外面有什么动静，只管继续睡觉，不要出来看，这不是你出家人能管的事情。"

鲁智深听后又说道："太公，您看起来不甚欢喜，莫非我打扰您了？"

刘太公听了鲁智深的话，叹了一口气，终于说了起来："我家的女儿今天晚上成亲，我是因此烦恼。"

鲁智深听了刘太公的话，哈哈大笑说："女儿成亲，这是喜事呀，太公您怎么烦恼？"

刘太公摇头说："师父你有所不知，这门亲事本不是我们自愿的。"

鲁智深继续道："既然你不情愿，那不成亲不就行了吗？"

刘太公又叹了口气，说："我老汉只有这么一个女儿，今年十九岁。在我们村附近有座山，叫作桃花山。山上有两个山大王，聚集着好几百人，成天下山来打家劫舍。官军去抓捕他们，一个也没抓到。前几天那两个山大王来我们村抢劫，看中了我的女儿，就扔给我二十两金子，说今天晚上来迎娶我的女儿。"

鲁智深听了，说："原来是逼婚抢亲呀！我有个办法让他娶不成您的女儿，您愿意试试吗？"

刘太公看了看鲁智深，有些不信，说："他是个杀人不眨眼的恶魔，你会有什么办法？"

鲁智深故意说："我在五台山智真长老那里学了一套办法，就是铁石心肠也能让他回心转意。今晚您让女儿去别的地方藏好，我对那个山大王说说去，肯定能让他回心转意。"

刘太公听鲁智深这么说，这才转忧为喜，说："我家今晚可就安全了，没想到师父有这样的本事！"说完，吩咐庄客准备好酒好肉让鲁智深吃饱喝足。鲁智深吃完饭说："太公，劳烦带我去您女儿房里去。"太公就带着鲁智深进了女儿的婚房。鲁智深便让刘太公安排大家躲起来，他独自留在刘太公女儿房内，戒刀放在床头，禅杖倚靠在床边，只待那抢亲的山大王前来。

到了半夜，只听见敲锣打鼓的声音越来越近，刘太公出庄门看时，果然见四五十火把，闪耀如同白日，正往庄子这边靠近。刘太公赶紧出了屋，叫庄客们开了庄门去迎接。不一会儿，那山大王来到了刘太公家门口。他刚一下马，刘太公慌忙倒了一杯酒，跪在地上，端给那山大王。

那大王扶起刘太公说："你是我的丈人，怎么反倒给我跪下了？"

刘太公说："老汉是大王管辖下的人，应该跪。"那大王听了，哈哈大笑，说："你放心，我做你的女婿亏待不了你，新娘子在哪里？"

刘太公指了指女儿的房间，说："小女害羞不敢出来。"

那大王又一阵哈哈大笑，说："那我先去见见夫人。"说着推开房门，进婚房去了。房里没有点蜡烛，黑乎乎的，那大王只好摸索着来到床边。他摸来摸去，摸着了床上的帐子，就伸出一只手向床上摸去，正好摸着了鲁智深的肚皮，被鲁智深一下子抓住，举起拳头打了起来。那大王大吃一惊，嘴里还问："你这个新娘子，怎么敢打自己的相公？"

鲁智深大叫一声："我让你好好认识一下你的新娘子！"说完，又对那个大王一顿拳脚，打得那个大王直喊救命。

外面的小喽啰听见大王喊救命，举着灯烛一起冲进了婚房。只见一个胖大和尚，赤裸着身体，骑在那大王的身上打。小喽啰拿着兵器打过来，鲁智深"噌"地一下从那大王的身上起来，在床边取了自己的禅杖，也打了起来。小喽啰哪里是鲁智深的对手，不几下就招架不住了！一伙人只好灰溜溜地逃走了。

鲁智深看见这伙人逃了，哈哈大笑起来，刘太公却在一边扯住鲁智深，说："师父，你可害苦我了，我原以为你真的是能劝人回心转意，没想到你打了那山大王一顿。你不知道，那山上还有一个大王，他们回去，肯定是去报知山寨大队强人来杀我家！"

鲁智深安慰他说："太公您不要怕，我原来是延安府老种经略相公帐前的提辖官，因为打死了一个恶霸才出家做的和尚，别说几个小山贼，就是一两千兵马来，我也不怕。您如果不信，可以让人抬抬我的禅杖试试。"

刘太公让庄客们去拿鲁智深的禅杖，他们哪里拿得动，这才信了

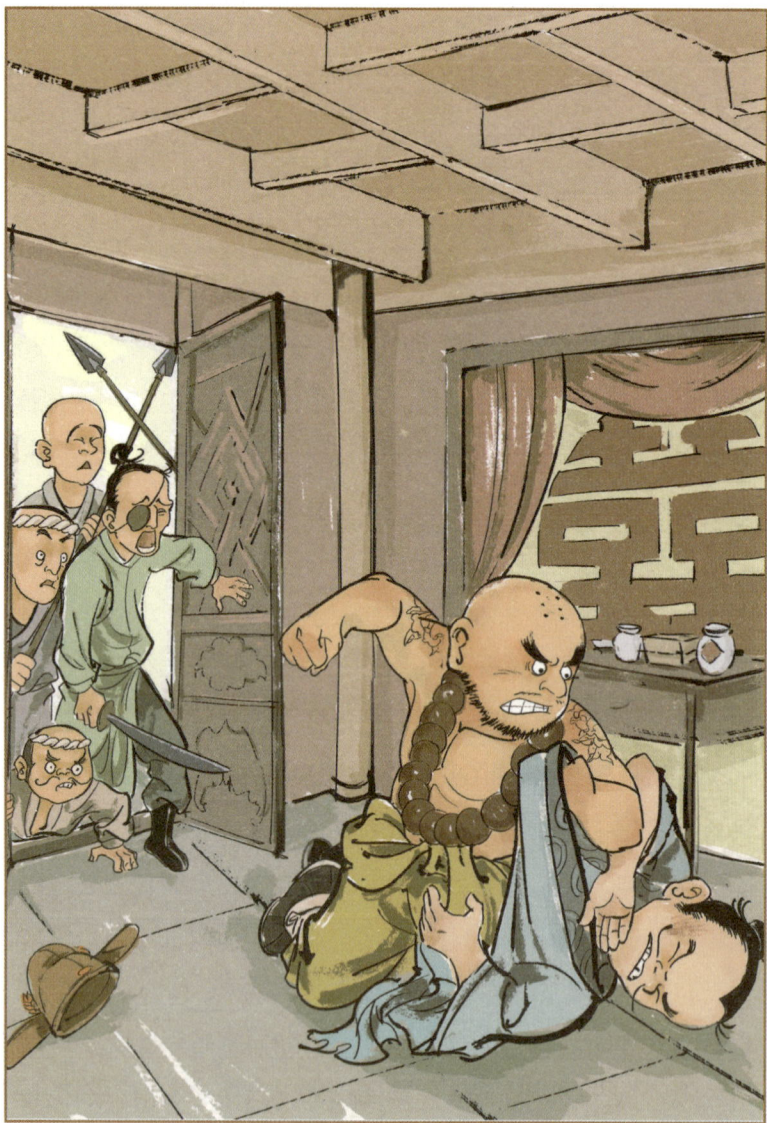

▲ 大闹桃花村

鲁智深的话。刘太公慌忙恳求鲁智深说："师父你真是神人，你这几天可千万别走，要留下来救我全家呀！"

鲁智深说："放心，我不走！"刘太公这才放下心来，赶紧让人端上好酒好肉招待鲁智深。

再说那桃花山大王挨了鲁智深的一顿打逃回山寨，将经过告诉了大头领。那个大头领就召集了桃花山上所有的小喽啰，一起下山来报仇。

很快，那个大头领带着一众人马到了刘太公庄子的外面，大喊起来："那个打伤我兄弟的和尚，还不出来领死？"

鲁智深听了，火冒三丈，也大骂道："你来得正是时候，让你好好领教一下我禅杖的厉害。"说着抢起禅杖就杀了过去。

那个大头领一听到鲁智深的声音，突然停下来，疑惑地问道："和尚，你先不要动手，我听你声音很熟悉，你先报上你的姓名。"

鲁智深也不遮掩，爽快地回答说："我就是老种经略相公帐前的提辖鲁达，现在出家做了和尚，法名智深。"

那大头领听鲁智深这么说，笑呵呵地赶紧下了马，扔掉兵器，俯身跪在地上就拜："哥哥，别来无恙！"

鲁智深惊得退后几步，把禅杖收住，火把下仔细看时，见那个大头领正是那天在渭州城街道上使枪棒卖药的打虎将李忠。鲁智深扶起他说："原来是兄弟你啊，快到屋子里面说话。"

刘太公见鲁智深和李忠相识，心里不禁暗暗叫苦："这下完了，这和尚和那山贼强盗是一伙儿的！"

鲁智深把李忠叫进屋后，谈起了自己为什么要出家，为什么要去东京，还问了李忠为什么在桃花山上做了山大王。

李忠说："自从那日与哥哥在渭州分开后，我也就离开了渭州。

后来从这桃花山下经过，遇到了桃花山的山大王小霸王周通，也就是刚才被哥哥打的那家伙，我和他打在一起，我赢了他，他便请我上山做了大头领，他做了二头领。"

鲁智深听李忠说完，找来了刘太公，指着他给李忠说："既然咱们是兄弟，我有一件事要说，刘太公家这门亲事还是取消了吧。他只有这么一个女儿，要留在身边，你们别叫老人失了依靠。"

李忠听鲁智深这么说，就回答道："既然如此，我听哥哥的！请哥哥去我们山上的小寨住几天吧。"

鲁智深答应了下来。刘太公自然欢喜，又安排了酒食招待他们。然后安排了轿子，护送鲁智深等人去了山上。

住了几天后，鲁智深感觉李忠、周通不是大方的人，就要下山。李忠和周通挽留鲁智深说："哥哥既然要走，等我们明天下山，不管抢多少，都送给哥哥做路费。"

第二天，李忠和周通安排好酒肉后就下山去了。鲁智深心想："这两个人真的好吝啬，眼前放着这么多金银不送给我做路费，还要让我在此等着他们去打劫别人的，我还是拿了这些金银先走吧！"于是，鲁智深就随手打倒了两个招待他的小喽啰并绑了起来，然后卷起山寨里的金银下山去了。

┤ 词语沙龙 ├

最能体现李忠人物性格的词语：

◎数米而炊：比喻斤斤计较于琐细的小事，难以成就大事。后也形容为人吝啬或生活困窘。

◎锱铢必较：形容非常吝啬或气量小。

第九章

火烧瓦罐寺

鲁智深离了桃花山，放开脚步赶路而去，一路上，都没有遇到什么人家。过了好几个山坡，他终于看见一片松树林，松树林中有一条山路，沿着山路走了一会儿，就看到了一处寺院。这处寺院看起来非常破烂，大门上有个红色的牌匾，上面写着"瓦罐之寺"几个大字，都有些模糊了。

鲁智深进入瓦罐寺，不见一个人影，就大声喊道："我是路过的僧人，来讨口饭吃。"依然没有人回答他。鲁智深找了半天，终于找到了厨房，但没有锅，土灶也都塌了。鲁智深卸下包袱，出了厨房再去寺院的其他地方看看。走到寺院后面，见有个小屋，走进去发现有几个老和尚坐在那里，一个个面黄肌瘦。

鲁智深说："我是五台山来的僧人，你随便给我点吃的就行，我不挑食。"

老和尚说："你是五台山文殊院来的，我们本应该好好地招待你。但是我们寺院里的人都逃走了，一粒粮食都没剩下。我们几个也饿三天了，哪有粮食给你？"

鲁智深问："和尚们为什么逃走了？"

老和尚回答说："我们这里原来也很热闹，只是后来被一个云游的和尚带着一个道士强行霸占了，还把我们寺院里的和尚全部赶走了。我们几个老的走不动，只能偷偷藏在这里。"

鲁智深不相信，问："我看你们是胡说！一个和尚，一个道人，怎能霸占一座寺院？你们为什么不去官府告他？"

老和尚回他道："师父，你不知道，我们这里离衙门很远，就算是官军来了也打不过他们。这两个人专门杀人放火，又有些武艺，别人都打不过他们。"

鲁智深这才相信，又问道："这两个人叫什么名字？"

老和尚说："那和尚姓崔，法号道成，绰号生铁佛；道人姓丘，叫小乙，绰号飞天夜叉。"

鲁智深正因各种不明白处——盘问着老和尚们，听见外面有人唱起了歌。鲁智深拿起禅杖，出来看时，只见是一个道人，挑着一个担子，担子的一头是个竹篮子，还能看见篮子里露出的鱼尾和荷叶拖着些肉，另一头担着一坛酒。

那几个老和尚赶过来，指着那个道士小声地对鲁智深说："这个道人便是飞天夜叉丘小乙！"鲁智深听说后提着禅杖跟了过去，只见那个道士丘小乙走着走着进了另一个院子，院子里的槐树下放着一张桌子，桌子上有菜有肉还有水果。桌子前坐着一个胖和尚，胖和尚长着一张黑脸，肚子很大。黑胖和尚旁边坐着一个年轻的女子。那丘小乙把竹篮放下来，也坐在了桌子边上。

鲁智深走到桌子面前，胖黑和尚吓

知识加油站

夜叉

在佛经中形容面目丑恶的一种鬼。

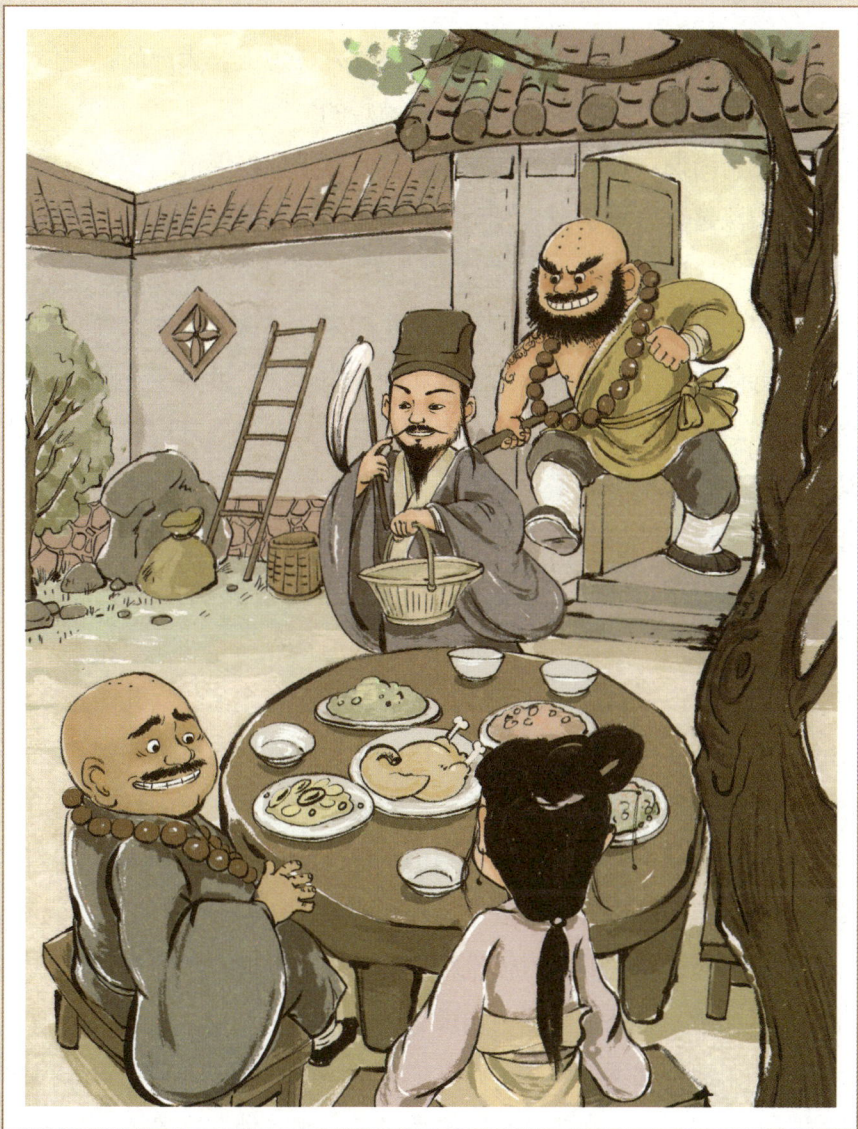

▲ 初进瓦罐寺

了一跳，看鲁智深也是个和尚，还带着兵器，就跳起来对鲁智深说："师兄请坐，一起吃饭吧。"

鲁智深并没有坐下，只是把手中禅杖杵在地上，大声问："你们是怎么把好好的一座寺院给弄成这样破烂的！"

胖黑和尚说："师兄，你先坐下，听我给你慢慢说。"

鲁智深是个急性子，怎么可能让他慢慢说，就睁大眼睛，恶狠狠地说："你快说！"

胖黑和尚先是愣了一下，然后讲了起来："这寺院本来确实是个好好的寺院，但是被廊下那几个老和尚吃肉喝酒，败光了寺院的钱。寺院的长老管不了他们，他们反而把长老和其他僧人赶出去了。所以这寺院也就慢慢地破败了。小僧和这个道人是这座寺院新来的住持，正想着怎么样重新修葺这寺院呢。"

鲁智深看了看他们，心里不太相信，又看见旁边的女人，就问："这女人是谁？怎么在这里和你们一起喝酒！"

胖黑和尚说："这个女人，是前面村子王有金家的女儿。她家人都没了，丈夫病死了，今来我们寺院借米，我看她可怜才叫她和我们一起吃饭的。师兄你可别听那几个老和尚的话，冤枉好人！"

鲁智深听他这么说，便有些相信了他的话，就拿了禅杖，再返回厨房后面的房子，想去找那几个老和尚问问。

鲁智深一进屋就非常气愤地指着老和尚们骂道："原来是你们这几个坏了瓦罐寺，还在我面前说谎！"

老和尚们一起哭诉说："师父你可别听他们胡说，他们抢来的女人就在那个院子里，你刚才肯定也看见了。刚才他对你撒谎，肯定是看你手里有戒刀、禅杖，他自己的兵器没来得及拿出来，不敢和你争斗。你如果不信，再去看看就知道了。"

鲁智深倒提了禅杖，转身又去了刚才的那个院子。那个院子的门已经关上了。鲁智深这才知道自己上了当，非常生气，一脚就把门踢开了。这时，只见那生铁佛崔道成拿着一把刀，向鲁智深砍了过来。鲁智深大吼一声，抡起手中禅杖，就和崔道成打了起来。打了十几个回合，崔道成打不过鲁智深，正要逃走。丘道士也拿了一把刀，杀了过来。崔道成和丘小乙两个人合在一起和鲁智深打了十几个回合，鲁智深因为没有吃饭肚子还饿着，而且走了很多路有些累，渐渐有些敌不过，就慢慢退了出来。那两个人追了上来和鲁智深又打了十个回合，看也占不到什么便宜，就不追了。

鲁智深一直退到松树林里，才想起来自己的包裹和钱都放在了瓦罐寺的厨房。现在肚子饿，也没有钱去买吃的，正在发愁，只见树影里一个人探头探脑地在张望。鲁智深便追了上去，大喊一声："哪里来的汉子！快出来！如果要打劫我，快来和我斗，我赢了你，拿了你身上的东西或许还能换点吃的。"

那汉子听见，大笑起来，说："和尚，你这是找死！"

鲁智深便抡起禅杖向那个大汉打去。那个大汉戴着帽子，也看不清他的长相。两人刚交手，那个汉子就喊："和尚，你的声音好熟。你叫什么名字？"

鲁智深怒气正盛，说："我且先和你斗三百回合，再说姓名。于是两人继续打斗了起来。十四五个回合后，那大汉又叫道："停，我有话说。你到底姓甚名谁？声音好熟。"

鲁智深报了自己的姓名，没想到那个汉子立刻扔了兵器，摘了帽子，下拜施礼说："哥哥，你还认得我吗？"

智鲁深一看，原来是史进，大笑起来，问："兄弟，你怎么会在这里？"

史进回答道："自从那天在渭州城和你分手后，我就去延州找我师父王进了，还是没有找到他。所以我又在北京大名府待了一段时间，花光了盘缠想回家去，如今才走到了这里。哥哥你这为何做了和尚呢？"

鲁智深就把自己三拳打死镇关西，出家五台山文殊院以及喝醉酒大闹寺院的事情都告诉了史进，又顺便把刚才和崔道成和丘小乙打斗的经过讲给了史进听。史进知道鲁智深肚子饿了，就赶紧从自己行李中拿出来肉烧饼给鲁智深吃。

史进和鲁智深吃饱了，就各自拿了兵器，再回到瓦罐寺来。崔道成和丘小乙还在那个院子里喝酒，鲁智深看见二人，大喝一声："你们这两个家伙，来！来！再过来和我斗个你死我活！"崔道成见鲁智深又来纠缠，拿起兵器就杀了过来。

鲁智深此时已吃饱了肚子，觉得浑身有劲了，和崔道成打了八九个回合，崔道成就抵挡不住了。丘小乙见此，忙拿着兵器过来帮忙，史进截住了丘小乙。又斗了几个回合，鲁智深一禅杖就把崔道成打死了。史进也一刀砍死了丘小乙。史进和鲁智深得胜，就先去了厨房拿了包裹，再去厨房后面的房子看时，那几个老和尚因见鲁智深打输了，怕崔道成、丘小乙来杀他们，早已上吊自杀了。鲁智深、史进再去崔道成和丘小乙的院子看时，刚才那个女人也跳井死了，整个寺院一个活人也没有了。史进和鲁智深就点起火把，把整个瓦罐寺一把火烧了。放完火，两个人就离开了。

词语沙龙

最能形容鲁智深怒对瓦罐寺两个贼人的词语：

◎疾恶如仇：憎恨坏人坏事，如同仇敌。

◎拔刀相助：拔出刀来帮助被欺负的人。指主持正义，见义勇为。

第十章

初入相国寺

鲁智深和史进两人走了一夜，天色微明时分，终于在一个镇子上找了一家小酒店。两个人边吃边喝边聊，鲁智深问史进："兄弟你今后有什么打算？"

史进说："我现在也没有别的办法，只能先回老家，投奔以前认识的少华山上的朱武去了，以后的事情再说吧。"

鲁智深听史进这么说，就拍了拍史进的肩膀，说："兄弟，也只能先这样，不过你以后有什么困难就来东京找我。"说完，就打开包裹取了些金银送给了史进。

二人又聊了很久，才拿了各自的包裹、兵器，结算了酒钱，离开了小镇。走了有六七里路，遇到一个三岔路口，两个人就停了下来。鲁智深对史进说："兄弟，我要去东京，你要回华州，咱们就在这路口告别吧。你回去后，如果安置好了，一定要捎信给我。"就这样，两人拜别后各自赶路去了。

和史进分别后，鲁智深走了八九天就到了东京。进了城里，鲁智深看见热闹的街市上有各种店铺，还有酒店，非常新奇。鲁智深不敢多耽搁，一路问讯，不久就赶到了相国寺。

相国寺知客看鲁智深长得粗犷凶恶，不像是出家人的样子，得知他是相国寺方丈智清长老的师兄、五台山文殊院的智真长老介绍来的，不敢怠慢，赶紧带了他去方丈的禅房。

鲁智深在智清长老的禅房里等着的时候，从包裹里拿出书信，拿在手里。知客却立刻阻止他，说："师兄，你既然是五台山文殊院来的，怎么不懂得规矩！等会儿长老来了，你要放下戒刀，拿出七条衣、坐具，又拿一炷香，先给佛祖上一炷香。"鲁智深说："既然有这个规矩，你怎么不早说。"于是，鲁智深就放下戒刀，拿起一炷香，可又不知道接下来怎么办了。知客就为他披了袈裟，叫他先坐下。过了一会儿，智清禅师来了。

知客对智清长老报告说："这个僧人是从五台山来的，有智真禅师的书信。"

智清长老非常高兴，说："好，好！师兄已经很久没有来信了。"

知客才又提醒鲁智深赶快去礼拜智清长老，但是鲁智深手里正拿着香，不知道把香放在哪里，手足无措。知客没忍住，偷笑了几声，才把他带到香炉前让他把香插入香炉中。鲁智深对智清长老拜了三拜，然后起身把信呈给了智清长老。智清长老接过书信拆开一看，只见上面写着鲁智深如何打死了人，如何出家，如何醉闹五台山等事情。还要智清一定收留鲁智深，一定要给他安排事情做，不要推托，说他以后定会修成正果。智清长老看完师兄的书信，非常犹豫，

知识加油站

七条衣
僧人在礼诵、听讲、说戒时穿的一种袈裟。

▲ 初入相国寺

不知道怎么办，就对知客说："这位僧人远道而来，一定辛苦了，你先带他去僧堂中休息一下，再安排他吃些斋饭吧。"鲁智深便跟着知客走了出去。

鲁智深刚走，智清长老就叫来了寺院里的职事僧人，对大家说："现在找你们来，是有一件非常难办的事情要和你们商量。我师兄智真长老给我推荐了一个僧人，这僧人原来是经略府军官，因为打死人惹了官司，才落发为僧，可是此人性情急躁，难受约束，两次喝醉酒大闹文殊院，所以师兄非常为难，不得已把他派到我们寺院里来了。要是不收留他，师兄信里再三嘱托，叫我不要推托；但如果留下他，我担心他以后会惹出什么事端来。"

知客说："弟子们见那个叫智深的和尚，也觉得没有一点儿出家人的样子，我们寺院万不能留他！"

都寺说："不安置他肯定不合适，但是怎么安置……我倒想起来了，我们寺院酸枣门外那片菜园子经常被外来军兵们和无赖泼皮搞破坏。我们虽然安排了一个老和尚在那里管事，但是怎么能管得了？我看安排这个人去管那片菜园，倒还合适。"

智清长老听都寺这么说，非常高兴，当即吩咐侍者说："等会儿智深吃完饭，你就把他叫过来。"

侍者出去后不一会儿，就把鲁智深带过来了。

智清长老问鲁智深："你既然是我师兄智真大师推荐过来的人，那我必须给你安排个职事了。我们寺院有个大菜园在酸枣门外岳庙间壁，你去那里管事怎样？每天只需要给寺院十担蔬菜，剩下的你自己随便怎么用。"

鲁智深见智清安排他管菜园子，非常不高兴，就问："我师父特地推荐我来相国寺，你们不安排我做都寺或监寺，怎么让我去管菜园？"

首座便说："师兄，你初来我们寺院，处处不熟悉，也没有什么功劳，怎么就能做都寺？再者，这管菜园也是个大职事。"

鲁智深的直性子又上来了，坚持说："我不想管菜园，就要做都寺、监寺！"

首座又劝鲁智深说："我们寺院中的职事人员，各有各的职务。比如小僧我，做个知客，只管待往来的客官、僧众。至于维那、侍者、书记、首座，这都是清高体面的职务，不容易做。都寺、监寺、提点、院主，这些都是管理寺院财物的人。你刚刚到寺院，怎么可能一下子就做都寺、监寺那样的上等职事？我们这里有管贮存东西的，叫藏主；管大殿的，叫殿主；管楼阁的，叫阁主；管化缘的，叫化主；管浴堂的，叫浴主；这些都是中等职事。还有那管塔的塔头、管饭的饭头、管茶的茶头、管东厕的净头与这管菜园的菜头，这些都是低级职事。如果师兄你管了一年菜园，管得好，就升你做个塔头；又管了一年，管得好，升你做个浴主；又一年，做得好了，才能做监寺。"

鲁智深听他说得有道理，就说："既然是这样，那我就从管菜园子做起吧。"

智清长老见鲁智深愿意去菜园子，就让人写了榜文，先派人去菜园里挂起来，好通知周边的人。第二天一大早，鲁智深就到智清长老法座前领了法帖，然后辞别了他，拿了自己的行李和兵器，去了菜园子。

相国寺的菜园周边住着二三十个成天赌博不务正业的混混，经常来菜园子偷菜，然后拿去卖钱。可巧他们又来偷菜，看见菜园子新张贴了榜文，上面写着："大相国寺特地委派僧人鲁智深前来管理菜园，从明天起，不许闲杂人等进入菜园。"

那几个混混便一起商议说："大相国寺这次派一个叫什么鲁智深的来管菜园。我们趁他是个新来的，想个办法教训他一顿，让他怕了我们，以后再也不敢管我们，我们也好继续偷菜！"

其中一个混混张三说："我有一个办法。他不认识我们，等他明天过来，我们就想个办法把他哄骗去粪窖边，我们再假装恭喜他新上任，趁机抱住他的双脚，把他推到粪窖中去，他就怕我们了。"其他人听了一起高兴地叫起好来："好！好！就按这个方法来！"

鲁智深来到菜园子，先安置好了自己的包裹、行李等物品。很快，混混们便都假装祝贺他来了，每个人手里拿着礼品，其中带头的张三和李四笑呵呵地对鲁智深说："我们是附近的街坊邻居，知道师父新上任，特地来祝贺。"

鲁智深见这伙人跪在窖边动也不动，好似在等鲁智深过去搀扶，心里早已起了疑心，不过，还是大胆走到粪窖边来。张三、李四便说："兄弟们特来参拜师父。"口里说着话，便向前靠过来，一个来拉左脚，一个来拉右脚，想把鲁智深推到粪坑里。

│ 词语沙龙 │

最能描述鲁智深刚到相国寺的菜园子的词语：

◎初来乍到：刚刚来到。

◎下车伊始：新官到任。现比喻刚到一个地方或新工作岗位。

第十一章

倒拔垂杨柳

鲁智深早就看穿了这些混混的伎俩，没等他们站起身，就先抬脚把李四踢到粪窖里去了；接着又一脚将张三踢到粪窖里去了，其他几个靠得近的，都被鲁智深用胳膊或者拳头打进粪窖里去了。鲁智深指着其他惊得目瞪口呆的混混说："都给我下去！"几个混混就乖乖地跳进粪窖里去了。二三十个混混身上沾满了臭屎，头发上也满是蛆虫，他们没想到鲁智深这样厉害，就求饶说："师父，我们知道错了，饶了我们吧。"

鲁智深本来就无意伤人，见他们在粪窖里既可笑，又可怜，就说："你们这帮不安好心的家伙，快上来去菜园池子里洗干净，再来我的房间，我有话和你们说。"

一众混混这才爬出了粪窖，去洗干净了，然后乖乖地来找鲁智深。鲁智深居中坐着，问："你们这群不安好心的家伙，我问你们话，你们可别骗我。你们都是什么人？为什么要来戏弄我？"

张三、李四一伙人一齐跪下来，求饶说："我们不敢欺骗师父。我们从小就生活在这里，平时都靠赌博讨钱为生。这片菜园原来供我们吃喝，我们输光了钱，就从菜园里偷些菜去集市上卖了得些钱。大相国寺里几次使钱要对付我们都没成。我们听说这次相国寺又派了一位师父来管理菜园，就想先戏弄一下，免得日后多管我们，没想到师父有这么高的本事。师父是从哪里来的长老？相国寺里没见有师父您呀？"

鲁智深哈哈大笑，说道："我原来是关西延安府老种经略相公帐前的提辖官，只因为三拳打死了镇关西，所以才出的家。我原来在五台山当和尚，现在刚到这相国寺。我俗家姓鲁，法名智深。别说你们这二三十个小混混了，就是千军万马中，我也杀得直进直出。"

混混们听鲁智深这么一说，更加害怕，也更加佩服鲁智深了，后来便拜辞离去。

第二天，张三、李四带着众混混凑了些钱，买了十坛酒，牵了一头猪，送到了菜园里来，安排人烧肉做菜，宴请鲁智深。

鲁智深见他们买了这么多吃的，就说："花了多少钱，我给你们。"

众人回答说："师父太客气了，能认识您是我们大家的福气。我们想以后多在您这边走动走动，也开开眼界，长点儿本事。"

鲁智深听他们这么说，非常高兴。很快饭菜上来了，鲁智深和他们一起吃饭喝酒，聊得开心，吃到半酣，有的人表演起节目来，有唱的，有说的，有鼓掌哄笑的。大家正开心时，只听到门外乌鸦哇哇叫起来。众人忙扣齿祈祷："赤口上天，白舌入地。"

鲁智深问道："你们怎么乱成一团？"

众人说："老鸦叫，怕有口舌之祸。"

鲁智深说道："哪有这种说法。"

那种地人笑着说道："墙角边绿杨树上新添了一个老鸦巢，每天叫到晚。"

众人说："拿把梯子，上去把巢拆了就行了。"

鲁智深也乘着酒兴，到外面一看，果然看到绿杨树上有一个老鸦巢。

众人说："拿梯子上去把巢拆了，让耳根清净清净。"

李四说："我盘上去，不需要梯子。"

鲁智深看了看那棵树，走到树前，把上衣一脱，右手向下，身体倒缴着树干，左手拔住树的上截，把腰一沉，就把那棵绿杨树连根拔了起来。

众人见了，一齐拜倒在地，说："师父你真不是一般的人，真是罗汉的真身，身体没有千万斤的力气，哪里能拔得起那么大一棵柳树。"

鲁智深大笑说："这也不算什么真本事，你们明天还来这里，看我给你们表演使器械耍武艺。"大家都非常高兴地答应了。

从第二天开始，这些人每天都带着好酒好肉来菜园子看鲁智深演武使拳，赌场都不去了，还嚷嚷着要拜鲁智深为师。

过了几天，鲁智深想："每天让他们带酒肉来请我，我也得找个时间回请他们。"就叫在菜园子帮忙的人去集市上买了一些果蔬，又买了两三担酒，买了一头猪和一只羊回来了。等到酒菜置办好了，鲁智深派人请来了张三、李四等人，然后在菜园子的绿槐树下铺了芦席，摆好酒肉，请那二三十个人坐下吃喝。众人大碗斟酒，大块切肉，不一会儿就吃饱了，酒也喝得差不多了。众人说："我们这几天每天都来看师父打拳，但是从来没有见过师父使用兵器，不知道今天我们有没有机会看看师父施展一下兵器呢？"

鲁智深听他们这么一说，也正好在兴头上，就答应了他们的要求，去房内取自己的禅杖，头尾长五尺，重六十二斤。众人见了，都是很吃惊地说："两臂没水牛大小力气，怎么能拿得动这样的兵器！"

鲁智深哈哈一笑，拿过禅杖就像拿

▲ 倒拔垂杨柳

起一根木棍一样轻松，然后挥舞起来。鲁智深本来就是军官出身，练的武艺每一招都实用，众人在一旁看得精彩，不停地叫好。突然，只听见围墙外面一个人，也大声地叫起好来。

词语沙龙

最能形容鲁智深武艺高强的词语：

◎孔武有力：形容勇猛而有力量。

◎拔山盖世：力能拔山，勇气举世无双。形容勇猛无比。

第十二章

义结林教头

鲁智深扭头看向那个大声叫好的人，只见他身高八尺，三十四五岁的样子，长得豹头环眼，身上穿着一件绿色战袍，上面绣着圆形装饰的花纹，一看就是一个军官。

众人一看，就对鲁智深说："师父，这位官人夸您，那您的武艺肯定好。"

鲁智深纳闷地问："这人是谁？"

众人说："这官人是京城八十万禁军的枪棒教头，名叫林冲。"

鲁智深对林冲说："既然是位教头，还请进来赐教。"

林冲纵身一跳，跳进墙里来。鲁智深和林冲两个人你来我往比画了几个回合，觉得棋逢对手，非常开心，于是就坐在树下聊了起来。

林冲看鲁智深好武艺，就问："师父是哪里人？法号叫作什么？"

鲁智深回答说："我是关西人，名叫鲁达。因为杀了一个恶霸，这才出家为僧。说起来我还和教头您有些缘分，我年幼时来过东京城，见过您的父亲林提辖。"

林冲听了非常高兴，就和鲁智深结拜为兄弟。

鲁智深问林冲道："教头今天怎么会到这小菜园子里来了？"

林冲回答说："我今天是和娘子一起来隔壁岳庙里还愿的。我家娘子和使女锦儿去庙里烧香了，我在庙外面等他们。突然听见有使棒的叫好声，便循着声音过来了，没想到能遇到师兄您。"

鲁智深说："我也是刚来这里，正愁没有认识的熟人，这几个兄弟每天陪我。今天能和林教头结为兄弟，实在太好了，要好好庆祝庆祝。"说完，就叫人准备好酒菜端上来和林冲一起喝起酒来。林冲和鲁智深才喝了三杯酒，就看到使女锦儿急急忙忙地跑了过来，在墙边正好看到林冲，就喊了起来："官人，别喝了，娘子在外面被人欺负呢。"

林冲连忙站起来问："在哪里？"

锦儿说："就在五岳楼下。"

林冲顾不得喝酒，赶紧和鲁智深道别，跳出围墙朝五岳楼赶将过去。

林冲一路跑到五岳楼时，只见有个人在胡梯上拦住了他的娘子，甚是无礼地说："娘子，请上楼去，我有话和你说。"

林冲娘子涨红了脸，说：你怎敢在光天化日之下欺侮良家女子呢！"

林冲一把拉住那个人，举起拳头就要打。那个人转过身来看向林冲，林冲一看，原来是高太尉的养子高衙内，把举起的手又放了下来。高衙内的几个跟班，看到林冲过来，就一起走上前劝林冲："林教头不要怪罪，衙内不知道这位是您家娘子，您不要生气。"

林冲虽然放下了拳头，但是怒气还没有消，一双眼睛睁得大大的，恶狠狠地看着高衙内。高衙内的几个跟班劝了又劝，林冲才放走了高衙内。

知识加油站

衙内

衙，衙门，衙内字面意思是掌理衙门的官吏，后来用来形容有恶劣行为的高官子弟。此处指的是高太尉的义子高衙内。

林冲见高衙内走了，正要带着娘子和锦儿回家，只见鲁智深提着禅杖，带着那二三十个小混混赶了过来。林冲问道："师兄你这是要去哪里？"

鲁智深说："我来帮你教训那个家伙。"

林冲摇了摇头，叹了口气，无奈地说："他是高太尉府上的衙内，不认识我娘子，才做出无礼的举动。我本来要教训教训那家伙，只是想到高太尉面上不好看，所以就放他走了。"

鲁智深听说林冲放走了高衙内，气得直跺脚，说："你怕高太尉，我才不管他太尉不太尉的，如果让我碰见那个家伙，先打他三百禅杖再说。"

林冲见鲁智深醉了，就说："师兄说得对。我也是刚才被几个人劝住了，才放走他的。"

鲁智深说："以后有事，你随时来找我。"

混混们见鲁智深醉了，便搀扶着他说："师父，咱们还是先回去吧，有什么事明天再说。"

鲁智深这才提着禅杖对林冲夫妇说："弟妹不要笑话我，兄弟咱们明天再见。"然后，领着他那一帮人走了。

过了几天，鲁智深打听到林冲的住址，就到家里来探望林冲。

鲁智深进门就问："怎么这么多天都不见教头来我菜园？"

林冲回答说："我最近事情太多了，所以没有时间去看望师兄。今天师兄既然到了我家，本应该在家里好好招待师兄的，只是家里没有什么好酒好菜。咱们就去街上的酒楼喝几杯吧。"

于是两个人一起上街来，喝了半天酒，又约了第二天再去喝酒。此后连续几天，林冲和鲁智深都去街上喝酒谈心。

而那高衙内自从被林冲放走后，又派陆虞候陆谦诱骗林冲娘子没有成功，居然生病了。太尉府的管家富安和陆虞候就把这件事告诉了高太尉。高太尉担心高衙内的病，就问富安和陆虞候有什么办法，富安和陆虞候提出设计害死林冲，好让高衙内得逞。高太尉不但同意了他们的计划，还许诺事成之后重赏二人。

这一天，林冲和鲁智深在街上喝酒时，遇见一个卖刀的人。林冲是个爱刀的人，看那把刀明晃晃的，就知道是把好刀，于是就买了。

第二天一大早，太尉府的两个差役来林冲家，传信说："林教头，太尉听说你买了一把好刀，叫你拿去看看。"林冲心里有些纳闷，那高太尉怎么这么快就听说他买了一把刀，但既然太尉发话了，他不得不跟着太尉府的人去了。到了太尉府，两个差役带着林冲进了前厅，又过了两三道门，来到一个大堂前，说："林教头，你在这里等一下，我们进去禀告太尉。"

林冲拿着刀，在大厅里站了好大一会儿，还不见高太尉出来，就信步往前走了几步，探头入帘看见檐前匾额，上面写着"白虎节堂"四个大字。林冲这才意识到自己被骗了。这"白虎节堂"是太尉和军官们商议军事的重要场所，如果没有打仗等重要情况，任何人都不可以随意进入，而此时自己还带着刀误闯了这里，这已经触犯了律法。林冲于是赶紧想往回走。这个时候，高太尉带人进来了，他进来就大叫一声："林冲，你居然敢拿着兵器私闯白虎节堂？是不是想要行刺下官？"

林冲慌忙躬身解释说："太尉，刚才是您府上的两个人带我进来

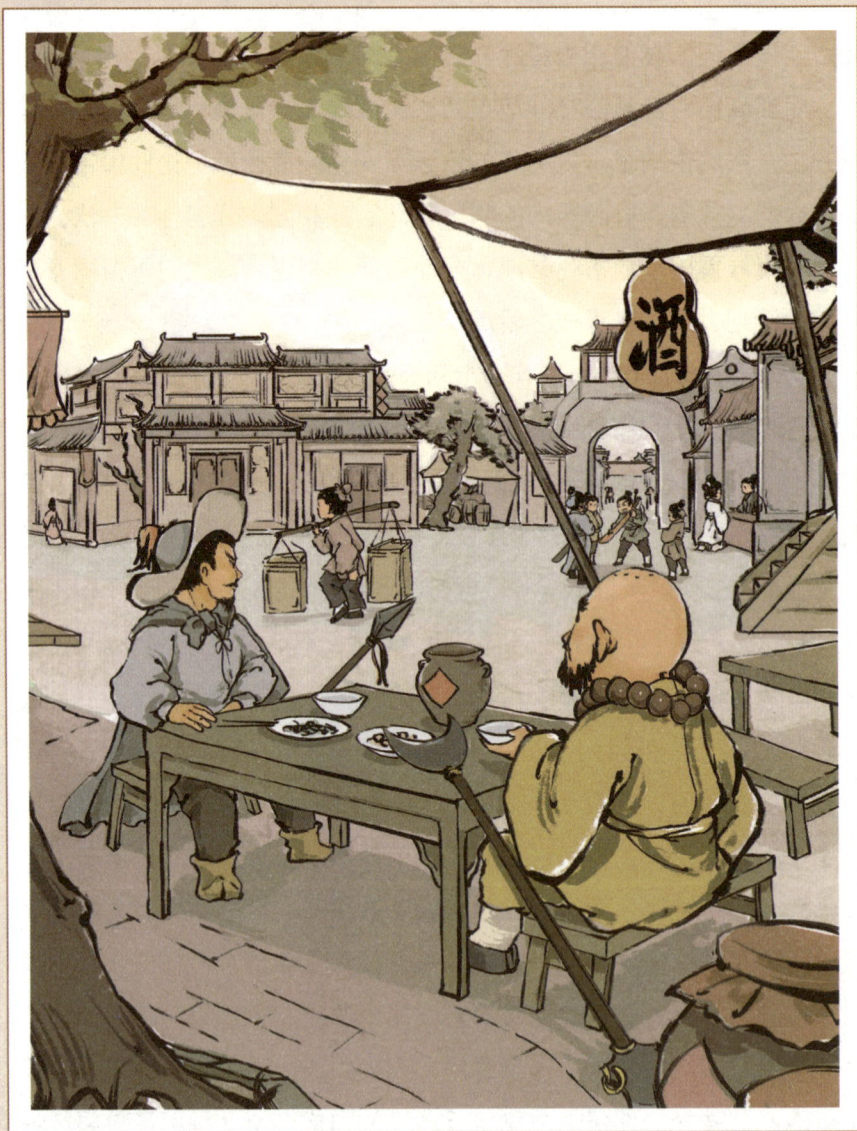

▲ 义结林教头

的，说是太尉要看我新买的刀。"

高太尉当然不听他的解释，立刻令人把林冲捆起来，要斩了他。林冲大叫冤屈，太尉才又说："把林冲送去开封府，让开封府尹好好审问审问，审问清楚了再处决他。"

众人听令将林冲押送到了开封府。开封府尹听明白了这个案子的经过后，深感奇怪地问林冲："你是个禁军教头，怎么会不知道律法，拿着刀进入白虎节堂？你可知道，这是死罪！"

林冲大声说："大人！您听我说，我是被冤枉的。我是禁军教头，当然知道律法，怎敢随便去那白虎节堂？我想着肯定是因为上月二十八日，我和娘子去岳庙还愿，正迎见小衙内欺辱我家娘子，我把高衙内骂了几句。后来，高衙内又派陆虞候叫我去外面喝酒，却让管家富安把我娘子骗到陆虞候的府上调戏，又被小人赶走了。昨日，我买了一把刀，今日高太尉派人诓骗我带着刀去他府上，说是要看看我的好刀，我这才发现是被骗到了白虎节堂。肯定又是高衙内想霸占我娘子，才设计陷害我的，请大人做主！"

府尹听了林冲的话，就命人先将林冲收押在牢房。林冲的家人知道林冲被陷害，想方设法想还林冲清白。开封府中有个管理档案的人，叫孙定，为人耿直，想要救林冲，就对开封府尹说："林冲肯定又是被冤枉的，我们想办法帮帮他吧。"

府尹说："林冲做的事情，人证、物证都在，而且高太尉已经交代了要处决他，我们怎么可能救得了他？"

孙定故意激府尹说："我看这开封府不是朝廷的，倒像是这高太尉家的！"

府尹听孙定这么说，怒说道："胡说！"

孙定又说："大家都知道，现在高太尉位高权重，他府里的人仗势欺人，成天做坏事，也没有谁敢把他们怎么样。谁得罪了他高太尉，高太尉就把那人送到开封府来，要杀就杀，我们这个开封府还不像他高太尉家开的吗！"

府尹被孙定说得哑口无言，心里也动摇了，就问："那你说，林冲的事情应该怎么办？"

孙定说："我看虽然有人证、物证，但都是高太尉府上的证据，林冲自己的辩解也有道理，大人您可以判他持刀误入白虎节堂的罪名，这样不至于判了死罪，只需发配他到偏远的地方去就行了。"

府尹就这样定了林冲的罪，又去太尉府禀告了高太尉。高太尉也不好再说什么，只好答应了。

过了几天，批文下来了，开封府尹就派人把林冲带上来，判了他的罪，并在林冲的脸上刺了金字，然后戴上了枷锁，枷锁上贴了封条。府尹写好了判决文书，派两个公差押送林冲去往沧州牢城了。

┃ 词语沙龙 ┃

最能体现高俅高太尉人格的词语：

◎心狠手辣：心肠凶狠，手段毒辣。

◎诡计多端：形容坏主意很多。

第十三章

大闹野猪林

押送林冲的两个公差名叫董超和薛霸。二人领了公文，押送着林冲出了开封府，一路走到州里桥下酒店。把林冲安排好后，董超、薛霸二人各自回家收拾行李去了。突然酒店里的酒保来找董超说："董端公（宋时对公人的称呼），有位官人在小人店里请您前去说话。"

董超问："是谁？"

酒保说："我也不认识，您去了就知道了。"

董超跟着酒保来到一个雅致的单间，只见房间里坐了一个人，桌子上摆了一桌好菜。

董超问那个人的姓名，那个人只让董超先坐下。过了一会儿，薛霸也被请来了。

薛霸也问那个人的姓名，那个人还是没有回答，而是取出十两金子，放在桌上，说道："二位官差，我有些小事情要麻烦你们。"

董超、薛霸二人非常吃惊，连忙问道："我们并不认识官人，有什么能为官人做的呢？"

那人说："二位是不是要去沧州？"

董超说："我们奉开封府尹的命令，是要押送犯人林冲去那里。"

那人笑了笑，说："看来我没找错人，我是高太尉的心腹陆虞候。"

董超、薛霸听说是高太尉府上的人，就慌忙跪下说："我们只是小小的差人，不敢高攀大人，您有什么事尽管吩咐就是了。"

陆虞候说："你们应该知道林冲和高太尉是对头。我今天也是奉高太尉的命令，将这十两金子送与你们二位，就是要麻烦你们在路上找个偏僻的地方，把林冲杀了，剩下的事情太尉自会处理，你们放心。"

董超说："只怕使不得。开封府只叫我们押送活的林冲去沧州，没让我们杀了他。而且我们没有林冲那样高强的武艺，想要杀他，还真不容易！"

董超话还没说完，薛霸就抢着说："老董，你听我说。高太尉就是叫你我去死，我们也得听话，况且陆虞候还送了金子给我们。你就不要推辞了，听太尉的安排就是。我知道这条路前面有一大片松树林，非常偏僻，我们就在那里杀了林冲，肯定不会有人知道。"

说完，薛霸收下了金子，对陆虞候说："大人，请放心，我们就在前面的松树林里杀了林冲。您等着回信好了。"

陆虞候听薛霸这么说，非常高兴，就说："还是薛公爽快！如果这件事情办好了，我会再给二位十两金子答谢。"

随后，董超、薛霸二人就带着林冲上路了。行了数日，这天他们走了四五里路，远远地看见前面一片阴森静寂的松树林，叫野猪林。董超打着哈欠说："这路走走停停，走得我都有些困倦了。我们到那林子里休息一下再赶路吧。"三人来到林子里，董超、薛霸两人放下手里的棍子，靠在一棵树边，假装睡起觉来。两个人刚刚睡下，突然又跳起来。

林冲被他们吓了一跳，就问："你们这是做什么？"

董超、薛霸说："我刚想起来，如果我们两人都睡着了，不绑住你，你跑了怎么办？"

林冲无奈地说："我林冲是个汉子，既然已经吃了这官司，又怎会逃走。你们要绑就绑吧！"

薛霸从腰里解下绳子来，把林冲连手带脚紧紧地绑在了树上。

眼见林冲已经不能动弹，董超、薛霸两个人却转身拿起棍子，变了脸色对林冲说："不是我们两个心狠要杀你，只是我们在路上遇见了那陆虞候。他说高太尉有令，要我们在这里杀了你。你死了可别怪我们弟兄俩。"

林冲听了这话，不禁又愤怒又伤心，眼泪奔涌，说："两位官差，我与你们往日无仇，近日无冤，为什么要狠心害我？你们如果放了我这一次，我会永远感激你们！"

董超道："我们可救不了你！"说话间，那薛霸便举起棍来往林冲脑袋上砸下去。可怜林冲这位豪杰，马上就要赴鬼门关了；可惜了这位英雄好汉，这一生到此就要翻为一场槐国梦。

说时迟，那时快，只听见松树背后有人大喊一声，一条铁禅杖飞了过来，把董超和薛霸手里的棍子打落下去。接着，从松树后面跳出一个胖大和尚，大喊道："我在这林子里听你们说话许久了！"说着，和尚抢起禅杖就要向董超、薛霸打去，吓得两个人直跪地求饶。

林冲一看，竟然是鲁智深，连忙喊道："师兄！且饶了他们！"

鲁智深听了林冲的话，收起禅杖。林冲继续说道："其实不关他们的事，是高太尉命令陆虞候吩咐他们两个在这个地方杀了我。他们不敢不照办，如果打死他们，他们也是冤枉。"

鲁智深拔出戒刀，把捆绑林冲的绳子割断了，扶起林冲说："兄弟，我自从你买刀那天和你分开之后，一直就担心你。后来听说你被开封府捉去了，我

知识加油站

槐国梦

出自唐代李公佐的传奇小说《南柯太守传》。说的是广陵淳于棼醉后做梦，进入古槐树下蚁穴内的大槐安国，被招为驸马，任南柯郡太守三十年，享尽荣华富贵的故事。后世多用这个故事比喻人生如梦、富贵无常。又写作"槐安梦""南柯梦"。

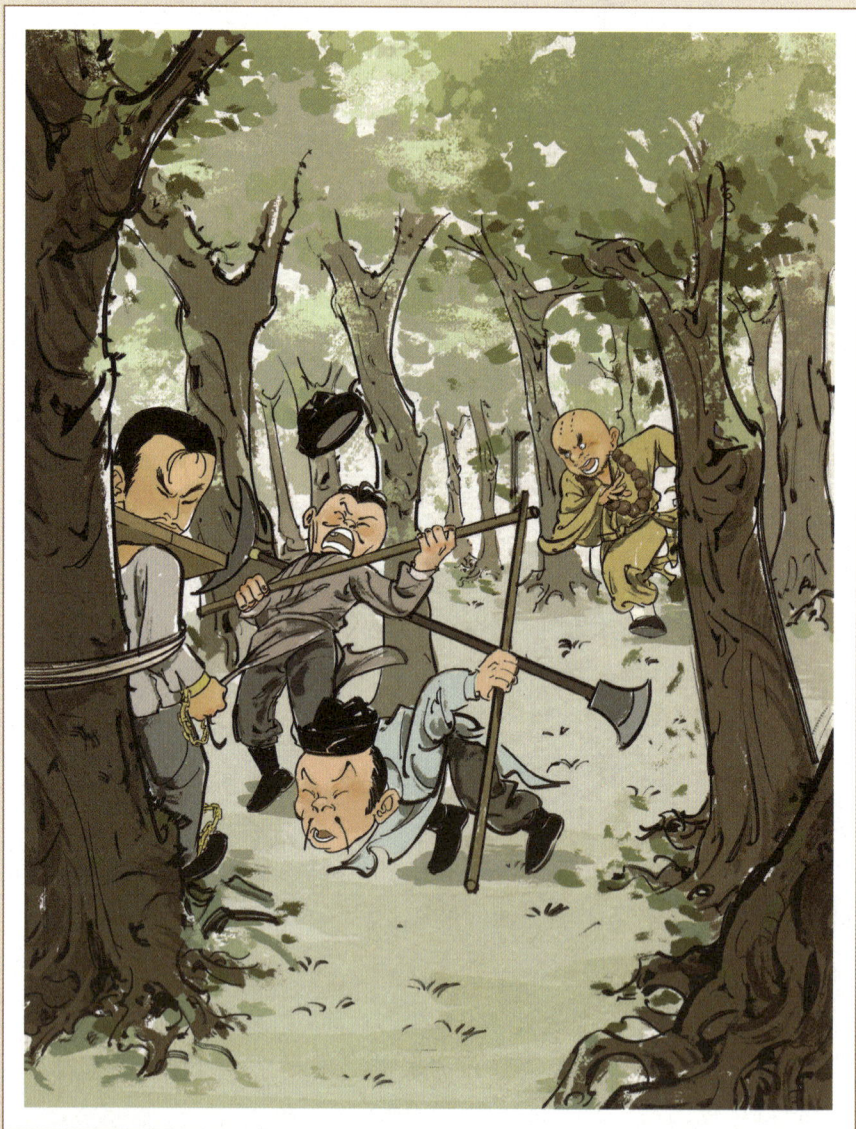

▲ 大闹野猪林

就想办法救你，但是没能成功。后来知道你被发配沧州，我放心不下，怕高太尉派人在路上害你，就特地一路跟着你们。今天你们一大早出城门时，我就先来这片林子里来等着了，果然被我撞见这两个家伙要在这里害你！"

林冲听鲁智深说完，非常感动，就说："感谢师兄救了我，只是希望你还是放了他们两个人吧。"

鲁智深便怒目转向董超、薛霸两个人，喝道："你们这两个狗贼，今天要不是看我兄弟的面子，肯定把你们两个都剁成肉酱！还不过来扶着我兄弟，跟着我走！"

说着鲁智深提了禅杖走在前面，董超、薛霸搀扶着林冲走在后面，嘴里不停地向林冲求情："林教头一定要救救我们两个！"

走了三四里路程，四个人走进村口一家小酒店找了张桌子坐下，鲁智深让酒保打了一些酒，又要了肉和菜，吃了起来。董超和薛霸想套近乎，就小声问鲁智深："师父您是哪个寺院的？"

鲁智深冷笑一声，说："你们两人问这个做什么？是不是打听好了要偷偷告诉高俅？告诉你们，别人怕他，我可不怕他。我要遇见他，先打他三百禅杖再说！"

董超、薛霸听鲁智深这么说，也不敢说话了。四个人休息了一阵，才继续赶路。林冲见鲁智深走在前面，就问："师兄你这是去哪儿？"

鲁智深说："我要一直送你到沧州我才放心。"董超和薛霸听了，暗暗叫起苦来。从此以后，鲁智深说走就走，说停就停，要是董超、薛霸敢说一个不是，就挨鲁智深打骂。所以他们两个人再也不敢说什么。就这样走了大半个月，离沧州还有七十来里路程，一路过去都有人家，再也没有偏僻的地方了。鲁智深这才放下心来，对林冲说："兄弟，这里离沧州已经不远了，前面一路都有人家，我都打听好了。今日，我就在这里和你告别了，咱们一定还有机会再见。"

说完，鲁智深又取出二十两银子交给林冲；还给了董超和薛霸每个人二三两银子，对他们说："本来我在野猪林就应该杀了你们，但是看在我兄弟的面子上饶了你们，你们这路上可不要再动歪心眼了！"

董超、薛霸接了银子，对鲁智深说："我们再也不敢了，以前那么做都是因为高太尉的吩咐，不敢不做。"

鲁智深看着董超、薛霸，还是不放心，就对他们两个人说："我问你们，你们两个的头，有松树硬吗？"

两个人回答说："我们的头都是皮肉包着些骨头，怎么会有松树硬？"

鲁智深抢起禅杖，一下就把路旁的松树给劈断了，然后看着二人，对他们说："你们两个，在路上要是再不安好心，我让你们的头和这树一样！"说完，拿了禅杖，对林冲说了声"兄弟保重"就回去了。

董超、薛霸看鲁智深走远了，才敢说："好个大和尚！一下子就打折了一棵树！"

林冲笑了笑说："这算什么？相国寺里一棵腰粗的柳树都被他连根拔出来了。"

董超、薛霸听了，吓得连连摇头，和林冲一起继续向沧州去了。

┆ 词语沙龙 ┆

最能体现林冲此时性格的词语：

◎委曲求全：勉强迁就，以求保全。

◎逆来顺受：指对恶劣的环境和无礼的待遇采取顺从、忍受的态度。

第十四章

十字坡结友

把林冲送到沧州后，董超、薛霸刚回到东京，就被叫去了太尉府。一进门，陆虞候问他们："你们不是答应得好好的，要在野猪林杀了林冲吗？怎么还让他平安到了沧州？是不是太尉的话对你们不管用啊？"

董超、薛霸吓得跪在地上说："我们怎敢违抗太尉的命令？大人您不知道，我们那天正要在野猪林里杀了林冲，可是半路杀出来一个胖大和尚，说是大相国寺的鲁智深，救了林冲。而且那个和尚一直跟着我们到了沧州，我们根本没有机会下手。"

陆虞候很快将鲁智深搭救林冲的事情报告给了高太尉。高太尉先是下了一道命令，吩咐大相国寺不许收留鲁智深，要把他赶出去。接着又以鲁智深半路打劫犯人林冲的名义，派官兵前去抓捕鲁智深。

这天，鲁智深正在菜园子里喝酒，只见张三、李四带着喽啰们大汗淋漓地跑过来说："师父，不好了，高太尉派人来抓你了。"

原来，张三、李四常年在街上混，因为和鲁智深的关系，最近特地留心观察高太尉府上的动静。突然得知高太尉要抓鲁智深的消息，就赶紧过来报信了。鲁智深气不过，一把火烧了菜园子，连夜离开了东京城。走了大约半个月，来了到孟州城外。鲁智深站在路上远远望去，见一个土坡下有几间草房，草房上挂着一个大大的"酒"字。鲁智深便问身边一个路人："请问，前面是什么地方？"

路人回答说："前面大树林边就是有名的十字坡。"

鲁智深继续往前走，很快来到十字坡边一棵大树旁。这棵树得有四个人合抱粗。在大树边，那酒家门前坐着一个三十多岁的妇人，打扮得非常扎眼，正招呼着往来的客人："客官，如果要休息吃东西，我们家酒店有好酒、好肉。"

鲁智深听见好酒好肉，就直接走进了酒家。那个妇人见来了客人，就一脸笑意地过来问："客官，你要打多少酒？"

鲁智深说："不要问多少，有酒就端上来，有肉便切个三五斤来。"

那妇人快速走进柜台，端了一大桶酒来。

鲁智深又累又渴，端起酒来就喝了。

很快，那个女人指着鲁智深笑着说："倒！倒！"鲁智深顿感天旋地转，说不出话来，转眼间就倒在桌子上昏睡了过去。

见鲁智深倒了，那个妇人就朝后厨喊道："小二，小三，快出来！"

两个大汉出来抬鲁智深，可半天扛不动。妇人看到两个伙计抬不动，就大骂道："你们这两个家伙，平时吃饭吃得那么多，真正干活时，一点儿也派不上用场，还要老娘亲自动手！"一边说着，一边来抱鲁智深。结果，那个妇人用了全身的力气去抱，也没抱动。

这个时候，又见门前一个三十五六岁的汉子挑着一担柴过来了，那个妇人就喊："刚好，放下柴，快来帮忙。"

那个汉子放了柴，看了看倒在桌子上的鲁智深，再看看边上放着

▲ 醉倒十字坡

的禅杖、戒刀，对妇人说："我听说有个叫花和尚鲁智深的好汉，原来在东京相国寺做和尚，因为搭救林冲得罪了高太尉而逃走了。那个鲁智深，就使一柄禅杖，这个人不会就是鲁智深吧！咱们赶紧先叫醒他问问。"

那个汉子和妇人赶紧拿来解药给鲁智深灌了下去。鲁智深醒了过来，还没有明白过来是怎么一回事，那个汉子就开口问道："敢问师父姓名？"

鲁智深回答："这有什么不敢说的，我叫鲁智深。"

那个汉子又问："可是大闹野猪林救下林冲的花和尚鲁智深？"

鲁智深回答："正是。"

那个汉子连忙下拜说："早有耳闻，今天能见到师父实在有幸。"

鲁智深问："刚才是怎么回事？"

那人说着叫妇人一起来见鲁智深，说："这是我娘子，真是'有眼不识泰山'，刚才用蒙汗药把你麻倒了，还希望师父饶恕。"

鲁智深看了看这夫妇俩，问道："我看你两个也不是一般人，你们是谁？"

那人回答说："我姓张，名青，原是在附近的光明寺种菜园子的。后来离开了光明寺在这个地方做生意。有一天，有个老头挑担子路过，要和我比武，我就和他打斗了二十几个回合，被那老头一扁担打翻了。那老头看我手脚还算灵活，有意收我为徒，就带我去了他那里，教了我很多本领，还把女儿嫁给我。后来我和娘子来到了这十字坡盖了几间草屋，以卖酒为生；过往的人里面有露财的，我们就用蒙汗药将他药倒，然后抢走他们的钱财。江湖人都叫我菜园子张青，我娘子叫母夜叉孙二娘。

"我们虽然给人下药抢劫，但是有三种人不抢：第一是云游僧道，他们出家的人，没有做过什么坏事；第二是那些卖唱卖笑的，他们到处逢场作戏，赔了多少小心，才得来一点儿钱物，我们不能劫她们；第三是各个地方犯罪流配的人，他们中间多有好汉，就如那林冲、武松。没想到我娘子把这些规矩给忘了，刚才真是得罪师父了，望师父不要怪罪我们。"

鲁智深大笑起来，说："没事，没事。"

张青和孙二娘好酒好肉招待了鲁智深，留他住了四五天，然后张青又和鲁智深结拜为兄弟。后来，鲁智深要走，张青就说："这几天我打听了，离这里不远有座二龙山，有邓龙等人在那里，你可以去二龙山安身。"

词语沙龙

最能体现张青夫妇二人性格的词语：

◎行侠好义：指讲义气，肯舍己助人。

◎心直口快：性情直爽，有话就说。

第十五章

巧占二龙山

因为皇帝要造万岁山，殿司制使杨志被派去押送所需材料，不料杨志的船翻在了黄河里，他也不敢回京赴命，只得避难江湖。后来，杨志听说皇帝赦免了他们这些罪犯，便准备了很多钱，想回东京买通关系官复原职。但是他花光了钱，不但求官没成，反而被街头的一个混混牛二欺负，杨志一气之下杀了牛二后被发配到大名府。大名府的梁中书看杨志武艺高强，就选派他押送给岳父蔡京准备的生日礼物去东京，但是半路上又被打劫了。杨志无奈之下又逃走了。这一天，杨志来到一家酒店，吃完酒肉正要出门，酒店的伙计问他要钱，杨志身上早已经没钱了，就说："你暂且赊我一次账，我下次给你补上。"酒店的老板哪里肯答应，叫来几个伙计想拦住

知识加油站

制使

宋代殿前司。殿前，皇帝宫殿之前，也就是禁军把守的地方；殿前司，即宋代禁军指挥机构所属下级军职。

杨志，杨志无奈和他们打斗起来。过了一会儿，就听到有人喊道："都不要打了！那个拿刀的大汉，报上名来。"

杨志拍着胸说："我行不更名，坐不改姓，青面兽杨志就是我！"

那人又问："是不是原来东京殿司杨制使？"

杨志愣了一下，问道："你怎么知道我曾经在东京做过制使？"

那个人就扔了武器说："我真是有眼不识泰山！我原是开封府人，是八十万禁军枪棒教头林冲的徒弟，姓曹，名正，祖上是做屠户的。干这行当我很有一套办法，牲口的筋肉骨头杀得干净，所以人们叫我操刀鬼。我们那里的一个财主，给了我五千贯钱让我到山东来做买卖，没想到赔了本钱，家乡也回不去了，就在这个农家入了赘。"

杨志说："原来你是林教头的徒弟。你的师父被高太尉陷害，听说上梁山了。"

曹正说："我也听别人这么谈起过，不知道是真是假。既然是熟人，咱们就去酒店里说话吧。"

杨志就和曹正又回到酒店里来，曹正置酒招待杨志。席间，曹正问道："制使怎么突然到这里来了？"杨志就把发生的一切告诉了曹正。

曹正说："既然如此，你就在我酒店里住一段时间再说吧。"

杨志说："谢谢你的好意，但我怕官兵追过来连累了你，我还是寻一个偏僻安稳的地方去吧。"

曹正说："制使有什么打算？"

杨志说："我想去投奔梁山，去找你师父林教头。可是我曾经经过梁山，当时梁山的主人王伦苦苦相留，我没有答应。现在我成了罪犯，再去投奔很没面子，所以有些犹豫。"

曹正说："制使说得对，我也听人说，王伦心胸狭窄。听说我师父上山时，受了他不少气。我倒是有个建议，离我酒店不远的地方有座山，叫作二龙山，非常险峻，只有一条上山的路。山上有座寺，叫作宝珠寺，寺里的住持如今还了俗，聚集了四五百人。那个头领叫作金眼虎邓龙。制使如果愿意，可以去二龙山入伙。"

杨志听了，非常高兴，说："这样很好，那我就去二龙山。"

于是，第二天一大早，杨志拿了朴刀，朝二龙山方向去了。走了一天，看看天色渐晚，又见前方一片树林。杨志走进树林，只见一个胖大和尚光着膀子，正坐在树林里乘凉。那和尚看见了杨志，就拿起自己的禅杖，跳起来，大声喝问："你是哪里来的？"

杨志毫不示弱也问道："你是哪里来的和尚？"

那和尚见杨志不回答，拿起手中禅杖就打了过来，两个人打了四五十个回合，都没分出胜败。突然，那和尚大喊一声："停！"两人都住了手。

那和尚又问："你个青面汉子，到底是什么人？"

杨志答道："我原是东京殿司制使杨志。"

那和尚又问："你是不是在东京杀了泼皮牛二的那个杨志？"

杨志说："你看看我脸上的金印不就知道了？"

那和尚哈哈大笑说："没想到和你在这个地方相见了。"

杨志惊奇地问："师父你是谁？怎么会知道我杀了牛二？"

那和尚说："我原是延安府老种经略相公帐前军官鲁达。因为三拳打死了'镇关西'，没办法去了五台山落发为僧。人们见我背上有花绣，都叫我'花和尚'鲁智深。"

杨志笑道："我早就听说过师父的名号。不过师父你不在大相国寺里，跑这里来做什么？"

鲁智深就把怎么帮林冲，怎么被高太尉追捕，怎么结识张青等经过告诉了杨志，然后说："张青给我打听好了，我特地来此二龙山投奔邓龙入伙的，但是他却不答应，我就和他打了起来，他打不过我，就关了门，我没别的路上山，只好在这儿歇息一会儿。"

杨志一听大喜，就把自己的经历也告诉了鲁智深，然后两个人转身回到曹正酒店商议去了。

曹正得知鲁智深的遭遇，就说："如果是他关闭了上山的门，别说是你们二位，就是一万军马，也上不去。我们还是想想别的办法吧。"

鲁智深说："是啊，只有那一条路，其他路都上不去，你有什么办法吗？"

曹正看看鲁智深说："我倒有个办法，就是需这位师父受点儿委屈，不知道你们二位愿不愿意？"

鲁智深说："你说吧。"

曹正道："制使和我都假扮成附近村民，拿着鲁师父的禅杖、戒刀，再叫上几个自己人，绑住鲁师父，把他押送到那二龙山下，哄骗他们说：'这个和尚来我们店中喝酒，喝得大醉，不但不给钱，还要找人来攻打你们山寨。所以我们趁他醉了，把他绑住，来献给大王。'我给绳子做好活结头，等邓龙放我们上山去后，鲁师父就拽脱活结头，我就把禅杖递给你，我们一起杀了邓龙，其他人也就怕了，肯定就归顺我们了，二龙山自然就拿下了。不知道这个办法怎么样？"

鲁智深、杨志听完一起说："好办法！好办法！就这么办！"

第二天早上，众人按照计划，杨志、鲁智深、曹正带了六七个人向二龙山走去。晌午后，到了那片林子里，鲁智深脱了衣裳，曹正用绳子打活结把鲁智深绑了，叫人抬着他到了山下。

邓龙听说鲁智深被捉住了，非常高兴，就叫喽啰把山门打开，让他们上了山。

不一会儿，只见两个小喽啰扶着邓龙出来了，坐在大厅正中的椅

▲ 巧占二龙山

子上。曹正、杨志等人抬着鲁智深到了台阶下面。

邓龙大声斥骂道："你个死和尚，前几天差点儿栽在你手里，还伤了我的小腹，到现在青肿还没消去。没想到今天你却落到了我手里，看我怎么收拾你！"

鲁智深瞪圆双眼，大喊一声："动手！"就扯开了绳子，曹正递给鲁智深禅杖，杨志提起手中朴刀，曹正又抡起杆棒，一起杀了过去。邓龙刚想逃走时，就被鲁智深一禅杖打死了。邓龙手下的小喽啰，早被杨志打翻了四五个。

曹正见此机会大喊："邓龙已经被杀了，其他人都来投降！如果不投降的，和邓龙一个下场！"

山上的小喽啰有五六百人，看到邓龙已经被杀，就都投降了。这样，鲁智深和杨志做了二龙山山寨的新主人。曹正则领了自己的人又回酒店去了。

｜词语沙龙｜

最能体现鲁智深、杨志、曹正三人相遇情景的词语：

◎不打不相识：不经过交手较量，相互之间就不可能深入了解，也就无法成为真正的朋友。指经过争斗、较量才能互相结识为朋友。

◎相见恨晚：形容一见如故，意气相投。

第十六章

聚拢众好汉

鲁智深和杨志成为二龙山的新主人后,二龙山的势力更加壮大了。官府几次派兵来捉拿鲁智深、杨志等人,都被他们打败了。

这一天,山下突然来了一位带发修行的"行者",自称是张青夫妇介绍来入伙的。鲁智深听说是张青夫妇介绍的,就亲自跑到山下来迎接。

鲁智深见这位行者身材高大,看起来武艺非凡,就问:"好汉怎么称呼?"

那个人回答说:"我叫武松。"

鲁智深听了非常高兴,就问:"是不是在景阳冈打死老虎的好汉武松?"

武松点点头说:"就是我。"

鲁智深更加高兴了,对身旁的杨志说:"我们二龙山再添一位这样的好汉,以后更不怕官军来攻打了,弟兄们也可

知识加油站

行者

佛教用语,指带发修行的头陀僧人。

以安稳地过快活的日子了。"就和杨志一起将武松迎接上了山。

在给武松接风的酒桌上，鲁智深问："我听说兄弟你在打死老虎后在阳谷县做了都头，怎么今天也来二龙山了呢？"

武松摇摇头说："这个事情说来话长，我本来是在阳谷县做都头，更让我高兴的是，在阳谷县，我还找到了我的哥哥。"

鲁智深说："这样岂不是更好！"

武松说："我原来也以为这也是件好事，可是我的嫂嫂潘金莲是个不安分的人，她和当地的有钱人西门庆鬼混在一起，还和西门庆一起害死了我哥哥。我一怒之下，杀了潘金莲和西门庆，去县衙自首。东平府府尹陈文昭同情我，就把我改为轻判，刺配孟州。去孟州的途中，我认识了菜园子张青和母夜叉孙二娘，我还和张青结拜为兄弟。到了孟州后，我受到金眼彪施恩的照顾，为了报答他的恩情，我教训了蒋门神，帮着施恩夺回了快活林酒店。但是没想到那蒋门神勾结官府和张团练暗算我，我不得不杀了他们。后来，还是张青和孙二娘帮着我假扮成带发修行的行者，这才顺利地来到二龙山。"

鲁智深听了武松的经历，又想起了张青，就说："武松兄弟，张青夫妇真是讲义气，也曾经帮助过我，我也和张青结拜了兄弟。后来，我和杨兄弟在这座山稳定后，派人捎书信给他们，劝他们一起上山，但是他们说时机还没到。现在兄弟你也上山了，为什么不再写一封书信劝他们上山呢？兄弟们在一起才快活嘛。"

武松高兴地答应了，连忙写信给张青、孙二娘夫妇。不久张青和孙二娘也上了二龙山。后来，施恩打听到武松在二龙山，也来投奔了。原来，武松杀了张都监一家人后，官府一边捉拿武松，一边派人捉拿施恩。施恩只能带着全家人一起逃命。没过多久，施恩的父母去世了，施恩就到处打听武松的下落，得知武松在二龙山，就过来投奔。

鲁智深看着二龙山人越来越多，越来越兴旺，非常高兴，就下山亲自把曹正也接上了山。这样二龙山就有了鲁智深、杨志、武松三个大头领和施恩、张青、孙二娘、曹正四位小头领。

一天，山下又来了一个人，说是来送信给鲁智深的，写信的人是李忠。

鲁智深说："我以前离开五台山的时候，到一个桃花村投宿，打了李忠的兄弟周通一顿。后来李忠认出了我，邀请我上山去喝了好几天的酒，并拜我为他们的哥哥，还要我留下来当寨主。我看那两个人太小气，就拿了他们一些金银走了。现在李忠派人来给我送信，肯定有求于我。你先把那个送信的叫上山来，听听他说些什么吧。"

曹正出去了一会儿，就把送信的人带到了大殿上。

鲁智深坐在大殿座椅上问道："那李忠有什么书信送来？"

送信的人"哐当"一声跪在地上，说："请各位头领救命！"

鲁智深有些意外，问："究竟是怎么回事？说个明白。"

那个人一边从身上掏出书信递给曹正，一边说："各位头领，有个征讨梁山被打败的双鞭呼延灼，到青州投了慕容知府，现在要攻打我们桃花山，请头领们发兵去救救我们山头吧。"

鲁智深问："呼延灼为什么要攻打你们桃花山？"

送信的人说："呼延灼的那匹'踢雪乌骓'马被我们顺道偷了。他进了青州城就报知慕容知府说要攻打我们桃花山，夺回自己那匹御赐的宝马，听说接下来连你们二龙山、白虎山也要一起消灭。

"我们二头领周通带一百个弟兄和那呼延灼对战，不到六七个回合，就支撑不住，败退了回来。

周通头领退回山寨，见了李忠头领，说了呼延灼的本事。李忠头领就说，在二龙山有花和尚鲁智深、青面兽杨志、行者武松等人，都

▲ 聚拢众好汉

是武艺高强的人，肯定不怕那呼延灼。大头领李忠说认识鲁智深师父，还说鲁智深师父是个直爽侠义的人，就派我送信求助来了。"

听送信的人这么说，鲁智深就对杨志、武松和其他头领说："按李忠他们的说法，这个呼延灼，是要连桃花山、白虎山和我们二龙山一起攻打的，今天我们不去救助，那改日呼延灼也一定会打上门来。"

杨志说："哥哥说得对。本来，我们各自守各自的山寨，没有什么往来。但是他们前来求救了，如果我们不去救桃花山，会让江湖上的好汉小看我们的。我建议留下张青、孙二娘、施恩、曹正看守山寨，我和哥哥还有武松兄弟下山去帮助桃花山。"

鲁智深和武松都同意杨志的看法，于是带领五百个喽啰下山去救援桃花山了。

词语沙龙

最能体现众好汉聚拢二龙山的词语：

◎济济一堂：形容许多有才能的人聚集在一起。

◎群英荟萃：指许多有才干的人聚在一起，也指许多英雄人物聚在一起。

第十七章

三山攻青州

李忠得知二龙山来救援的消息，就带了三百个小喽啰下山来准备迎战呼延灼。呼延灼得知李忠下山，马上带领人马攻打李忠。两人打斗了十几个回合，李忠渐渐体力不支，就逃走了。呼延灼见李忠武艺不高，就去追赶李忠。小霸王周通正在半山，看见呼延灼追赶李忠，就从山上扔下石头砸呼延灼，呼延灼没办法，只得退下山去了。

呼延灼下山来，听见自己的士兵都喊了起来。呼延灼便问："为什么呐喊？"

后军的军官回答说："我们远远看见有一队人马朝我们这边杀了过来。"

呼延灼听了，定睛看时，见路上灰尘飞扬，有一大队人马杀了过来，带头的是一个胖大和尚，骑了一匹白马。此人正是花和尚鲁智深。

鲁智深到了两军的阵前，在马上大声骂道："哪个是被梁山泊打败的混蛋？还敢扬言要攻打我们二龙山！"

呼延灼一听，也恼了，大声说："我要先杀了你这个和尚，消我心中怒气！"

只见鲁智深抢起铁禅杖，呼延灼舞起自己的双鞭，二人对打了起来，斗了四五十个回合不分胜败。呼延灼内心暗暗地喝彩："没想到这个和尚武艺如此了得！"于是下令鸣金收兵，回去歇息了。

休息了一会儿，呼延灼再次出阵大喊："刚才那个和尚！再出来，我要与你斗个输赢出来！"

鲁智深正要出阵，杨志叫道："大哥休息一下，看我去捉拿这个家伙！"然后拿起大刀就奔向呼延灼打了起来。两个人同样也是斗到四十多个回合，不分胜败。

呼延灼又暗暗地喝彩："刚才那个和尚就很厉害，怎么又出来一个更厉害的人！我看他们的武艺，并不像是江湖上的庸俗之辈！"杨志见呼延灼武艺高强，一时难分胜负，不好长时间纠缠，就退回去了。呼延灼也不来追赶，两边便各自收军了。

鲁智深就和杨志商议："咱们初到此处，在太近的地方驻扎不安全，可以先退二十里，明天再来攻打。"就带领小喽啰，到附近山冈驻扎去了。

收兵后，呼延灼在帐中纳闷，心想："原本指望着一举拿下桃花山这些强盗。没想到今天遇到二龙山的这两个厉害人物，看来我是拿不下这几座山头，收服不了这些强盗了！"正想着，突然有人进来报告说："将军赶紧领兵回青州城去吧，今天有白虎山的强盗孔明、孔亮等人带领兵马来青州劫牢。知府怕他们攻下城池，请将军赶紧先回城。"呼延

知识加油站

城池

池，池水。古代很多城市四周都会有城墙和护城河，以便防守。所以，城池在古代指城墙和护城河，后来借指城市。

灼听了，就带领军马，连夜回青州去了。

第二天一大早，鲁智深、杨志和武松又带领小喽啰到山下来攻打呼延灼，等他们走近才发现呼延灼的兵马全部不见了。这时候桃花山上的李忠、周通，命令手下来请鲁智深、杨志、武松三位头领到山寨里。二龙山大大小小的人就都上了桃花山。李忠、周通命人杀牛宰羊，准备筵席热情地接待他们，另外又派人下山去打听呼延灼的消息。

呼延灼带领他的部队刚回到青州城下，就见一队军马，正在攻打青州城，为头的正是白虎山下孔太公的儿子毛头星孔明、独火星孔亮。孔明、孔亮因为和村上的一个地主起了争执，情急之下就把那个地主杀了。官府要捉拿他们，他们便聚集起自己庄上的五六百人，占了白虎山，做起了强盗。但他们的叔叔孔宾住在青州城里，被慕容知府给抓去坐牢了。孔明、孔亮这次来攻打青州，就是为了救他们的叔叔。没想到正面碰见呼延灼的兵马，两边当即就打在一起。

慕容知府在城楼上观看，见呼延灼出马到阵前，孔明率先出马，来迎战呼延灼。斗了才二十多个回合，孔明就被呼延灼活捉了。孔亮见情况不妙，只得带着手下先逃走了。慕容知府在城楼上指着孔亮，叫呼延灼引兵去追。呼延灼追了上去攻打孔亮，又活捉了一百多个人。孔亮趁混乱逃脱了，一路逃跑，到了晚上才敢找个古庙休息。

呼延灼活捉孔明，将他押入城中，来见慕容知府。知府非常高兴，就叫人给孔明戴上枷锁和孔宾关到一个地方。慕容知府在犒劳呼延灼的宴席上问起桃花山的事情。呼延灼无奈地说："本来可以非常轻松地打下桃花山的，可是没想到半路杀出一队人马来救他们。其中有一个和尚，还有一个青脸的大汉，我两次和他们打斗，都没分出输赢来。我看这两个人武艺不一般，不是一般贼寇的水平，所以没能攻下桃花山。"

慕容知府说："听你这么说，那个和尚应该就是原来延安府老种经略帐前的军官提辖鲁达；后来落发为僧，被人叫作花和尚鲁智深。那个青脸大汉原来是东京殿司制使官，叫作青面兽杨志。还有一个行者武松，原来是在景阳冈打虎的武都头。这三人武艺高强，占了二龙山，我们派了好几批人马去攻打他们，都被他们打败了！"

呼延灼说："我就说要是普通匪首，武艺怎么会这么高，原来是鲁提辖、杨制使和武都头，真是名不虚传呀！不过，还请知府大人您放心，有我呼延灼在这里，一定将他们全部捉来！"

知府听了非常高兴，就让呼延灼好好休息，改天重新整顿兵马去征讨那些人。

孔亮在古庙休息了一个晚上后，带领剩余的人想返回白虎山，可走着走着突然树林里出来了一队人马。孔亮仔细看去，见那领队的人是行者武松。孔亮和武松是旧相识，孔亮于是下马拜了武松，说："见到你真是太好了。"

武松连忙扶起孔亮问："我听说你们弟兄占住白虎山，本来想去拜访你们的。无奈下一次山不容易，所以就没有去。你今天怎么突然出现在这里？"

孔亮就把救叔叔孔宾，哥哥孔明被呼延灼捉去的事情说给了武松听。

武松说："兄弟你别慌。我有六七个弟兄，现在二龙山聚义。听说桃花山的李忠、周通被青州官军攻击，我们就是来救他们的。鲁智深、杨志两位大哥带领弟兄们和呼延灼打了一天，不知道什么原因，呼延灼连夜突然回去了。所以我们就暂时留在了桃花山上。今天我要带着前面的队伍回二龙山，鲁智深和杨志两位大哥在后面。既然你哥哥被抓走了，我叫他们一起去打青州，营救你叔叔和兄弟，怎么样？"

孔亮听了，又跪下拜谢武松。等了一会儿，鲁智深和杨志两个人带着兵马赶上来了。武松就带着孔亮拜见二位，说：“这位是孔亮，以前我和宋江宋公明哥哥一起在他们的庄上聚过，他们非常仗义。现在我们可以义气为重，聚集桃花山、白虎山、二龙山三山的人马，一起攻打青州，杀了慕容知府，活捉呼延灼，二位哥哥觉得怎么样？”

　　鲁智深说：“我也是这么想的。不如我现在就派人去桃花山上，叫李忠、周通带领人马过来，我们三处一同去攻打青州。”

　　杨志说：“青州城池非常坚固，兵马又很多；前几天我们和呼延灼交手，也对此人有了些了解，他的武艺不容小看。我们硬碰硬肯定不行，如果我们想打下青州，我倒有一个办法，或许可以试一试。”

　　武松说：“哥哥，你说，可有什么办法？”

　　杨志说：“如果要打青州，要用大队人马才行。我早就听说过梁山泊宋公明的大名，江湖上的人都叫他及时雨。而且呼延灼是被梁山打败才去青州的，可以说和呼延灼也有旧仇，我们弟兄和孔家弟兄的人马，都合并在一起；再等桃花山上的人马齐备，一边先去攻打青州。孔亮兄弟你和宋江交情深，你现在立刻出发，去梁山泊请宋公明带人马来一起攻城。不知道你们觉得我的计策怎么样？”

　　鲁智深听了杨志的话，说：“说得有道理。我只见今天也有人说宋三郎怎么好，明天也有人说宋三郎好，可我一直没有见过这宋三郎。光是听你们说他的名字，都听得我耳朵快起茧子了。我想这个宋三郎肯定是个非常仗义的汉子，要不然怎么会有这么多人称扬他。以前听说他和花荣花知寨在清风山时，我就想去和他见上一面。可等我过去的时候，听说他们走了，所以一直没有机会和他见过面。孔亮兄弟，要救你哥哥，你得赶快亲自去宋三郎那里请他来。我们先在这里和呼延灼打上一阵子再说！”

▲ 聚义助孔亮

孔亮就把手下的人交给了鲁智深，只带一个做伴的，两人扮作客商，快速朝梁山泊去了。

孔亮自从离开青州后，一路不停歇地来到梁山泊下。这天，两人来到一家酒店。这酒店是梁山泊上的催命判官李立为梁山泊打听各路消息专门开的。孔亮和同伴来到酒店问路。李立从没见过他们两个，就请他们坐下，给他们上了两杯茶，问："请问两位客人从哪里来？"

孔亮回答说："我们从青州来。请问这梁山泊怎么上去？"

李立问："两位客人要去梁山泊做什么？"

孔亮回答："我有个认识的人在山上，来找他的。"

李立说："那山上寨中个个可都是山大王，不知道你找谁？"

孔亮回答："宋江宋大王。"

李立听说他找宋江，就说："既然你们是来找宋头领的，那我带你们去。"说着，就安排伙计做了一桌好菜招待他们。

孔亮见酒店老板这么热情，就问："我们并不认识，你为何这么热情招待我们？"

李立笑了笑回答说："你不知道，如果有人来找山上的头领，那肯定是山上头领的朋友，我们这酒店就是山上头领开的。"

孔亮说："这么说，你也是山上的头领了，我是白虎山的孔亮。"

李立听了，非常高兴，就说："我经常听宋公明哥哥说起你的大名，没想到你今天来上山，他一定会很高兴的。"

三个人高兴地喝了几杯酒，然后李立打开酒店的一扇窗子，向远处的亭子上射了一支发出响声的箭，对面的芦苇丛里立刻有几个人驾驶着一艘小船过来。

李立领着孔亮二人一起登上了那艘小船，慢慢地向江中开去，不一会儿就到了梁山。下了船，上了岸，孔亮见把守山寨的人拿着兵器非常有气势，心里想："我早就听说梁山泊兵强马壮非常兴旺，今天亲眼看见，果然是这样！"

因为已经有人事先去通知了宋江，宋江已经到岸边来迎接孔亮了。孔亮见了宋江，连忙跪下拜他。宋江问："兄弟你终于来梁山了！"

孔亮却放声大哭起来。宋江问："兄弟快请起，你先别哭，说说是怎么回事，需要我帮忙尽管说。"

孔亮起身就把事情的经过和宋江说了一遍。

宋江听完说："原来是这样，你放心，我一定会帮你的。"

词语沙龙

最能体现宋江对孔亮情谊的词语：

◎扶危济困：扶助处境危急的人，救济生活困难的人。

◎排忧解难：排除忧愁，解除困难。

第十八章

三山归一统

宋江听了孔亮的遭遇，连忙带着他进厅堂去拜见了晁盖、吴用、公孙胜等人，并向他们叙说了孔亮的遭遇。

晁盖听后，对宋江说："既然你和他们都是好兄弟，我们梁山也最讲义气，应该下山去帮助他们。只是最近兄弟你多次下山，非常辛苦，不如这次你来守山寨，我下山去替你走这一趟，怎么样？"

宋江说："哥哥你是山寨之主，不能随便下山。而且这事说起来，还是兄弟我的事，还是我带着几位兄弟下山去吧。"

宋江的话刚说完，下面的几个头领都说："我们都愿意跟随宋公明哥哥下山，去帮助孔亮。"宋江非常高兴。当日，摆了酒席招待孔亮，随后准备下山。吃饭间，宋江叫铁面孔目裴宣定下下山的人数，一并分成五支队伍：前军是花荣、秦明、燕顺、王英，在前面开路做先锋；第二队是穆弘、杨雄、解珍、解宝；中军便是主将宋江、吴用、吕方、郭盛；第四队是朱仝、柴进、李俊、张横；后军是孙立、杨林、欧鹏、凌振。

五队人马，二十个头领，另有三千人马很快准备到位。其余头领和晁盖一起把守山寨。

整理并清点好人马，宋江就别了晁盖，和孔亮一起下了山。宋江的队伍纪律严明，一路上经过的地方，没有发生一起抢劫百姓的事情。到了青州，孔亮先去了鲁智深等驻扎的地方报信，鲁智深就派人早早地来迎接梁山的大队人马。宋江到后，武松带着鲁智深、杨志、李忠、周通、施恩、曹正都来相见。宋江让鲁智深坐在自己旁边。鲁智深说："我早就听说哥哥的大名了，只是没有机会相见，今天能见到哥哥，我实在是太高兴了。"说着就给宋江敬酒。

宋江说："我才能一般，承蒙江湖上的兄弟们错爱。但我听江湖上很多人说起智深师父的事迹，今天能认识兄弟你，也是我宋江的荣幸呀。"

接着，杨志起身拜了宋江说："昔日，我曾经过梁山泊，非常感谢山寨上的兄弟们挽留我，我那个时候糊涂，没有留下来。今天看到梁山兄弟众多，兵强马壮，真是非常高兴。"

宋江回答："杨制使的威名，我也早就听说了，真是相见恨晚啊！"说完宋江举起酒杯，和鲁智深、杨志等人一起喝起酒来。

第二天，宋江问鲁智深与杨志等人，最近攻打青州，结果怎么样。杨志回答说："自从孔亮去梁山后，我们前后攻打青州三五次，有输有赢。现在的青州，就是呼延灼一个人比较难对付，如果拿下此人，再攻入青州或可容易许多。"

吴用听到杨志的话，笑着说："呼延灼这个人是有些本事的，只能用计谋拿下他，如果硬来，恐怕反而不容易了。"

宋江问："军师有什么办法吗？"

吴用就在宋江耳边耳语了一番："只需要这样这样……"

宋江听了非常高兴，说："这个办法太好了！"

宋江按照吴用的计谋分配好了任务，第二天一大早各个头领带着队伍到了青州城下，各队人马从四面将青州团团围住，在城下摇旗呐喊。

慕容知府看来了这么多人攻城，慌忙请来呼延灼商议："我已经派人打探清楚了，这群强盗派人去梁山泊请来了宋江。现在该怎么办呢？"

呼延灼说："请知府大人放心。这群强盗从远地过来，对本州地理不熟悉。他们在水泊里张狂，今天离开了自己的地盘来攻打我们，哼！他们来一个我就捉一个！您就在城上看我是怎么收拾他们的！"

呼延灼穿上盔甲，骑着马，叫守城的士兵放下吊桥，带领了一千人马，出城来了。看见呼延灼出城，宋江的阵中有一个人手持狼牙棒冲将出来，破口大骂："狗官，残害人命，杀我全家，我今天要找你报仇雪恨！"

慕容知府一看那人正是秦明，就反骂道："你这反贼，原是朝廷命官，为何要造反？呼延将军，你先给我拿下这个反贼！"

呼延灼听了慕容知府的号令，举起双鞭，打马直接向秦明冲过来。秦明舞动狼牙棒也朝呼延灼冲去。两人打在一起，斗了四五十个回合，也没有分出来胜败。慕容知府在城楼上看他们两个人已经激战了很久，怕呼延灼落败，慌忙下令收兵。秦明见呼延灼撤兵，也不追赶，退回到自己的大营。接下来，宋江命令头领们后退十五里驻扎下来。

呼延灼回到城里，见到慕容知府，就问："我眼看要拿下那个秦明，大人怎么突然让我收兵了？"

知府回答说："我见你和秦明打斗了这么久，怕你有什么闪失，这才召你收兵。你先休息休息吧，你不知道，秦明原来是我这里的统制，后来他与花荣一起反了，这两个人都武艺超高，不能小看了。"

呼延灼说："大人您放心，我一定会拿下这两个背叛朝廷的反贼！刚才我和秦明打斗时，探知他的棒法已经快乱了，下次我一定拿下他！"

知府道："既然将军如此英勇，等下次出城交战，可以先杀出一条路，送三个人出去：一个派去东京求救；另外两个派去邻近府州去借兵。我们会合朝廷其他地方的兵马一起来对付这些强盗。"呼延灼点了点头，知府就写了求救的文书，选了三个军官，安排好任务。

呼延灼回到住处，脱了盔甲，正准备休息，突然士兵前来报告："城北门外的土坡上有三个人骑着马在那里探看军情。中间一个人穿红袍骑白马，有人认出右边那个是小李广花荣，左边那个人穿着道士服。"

呼延灼说："那个穿红衣的肯定就是宋江了。穿道士服的肯定是他们的军师吴用。你们先不要惊动他们，去找一百马军来，跟我前去活捉这三个强盗！"

呼延灼又穿上盔甲，提了双鞭，带领那一百余骑军马，悄悄地开了北门，放下吊桥，朝坡边包抄过来。呼延灼刚赶到，见宋江、吴用、花荣三个人骑着马正要离开。呼延灼拍马追赶，只见那三个人走了一会儿，忽然都勒住马停了下来，谈笑风生。呼延灼眼看就要追上了，突然听到两边发出巨大的声响，连人带马掉入了一个大坑。这个时候，两边各出来五六十个人拿出钩子，把呼延灼钩了上来，拿绳子捆住了。

宋江回到营寨里，手下的人将呼延灼押了进来。宋江亲自为呼延灼松绑，然后扶着他坐在椅子上。呼延灼见宋江这样，就问："为何这样对我这个俘虏？"

宋江说："将军听我说，我宋江怎么敢背叛朝廷？只因为那些贪官污吏逼得太紧了，才不得不和弟兄们暂时在水泊梁山避难，只等着朝廷赦免我们的罪，招安我们。没想到朝廷派将军来攻打我们，我们都敬佩将军的高超武艺，之前如果有得罪的地方，还希望原谅。"

呼延灼惭愧地说："我是被俘虏的人，你们杀了我，我也无话可说，还说什么原不原谅的。"

宋江接着说："将军如果不嫌弃我们梁山，我情愿让出我的位子给将军；等朝廷招安了，到那时再一起尽忠报国。"

呼延灼也不说话，思考了好半天，觉得自己也没脸回去了，又看宋江礼数非常周到，说得也有道理，就跪了下来说："不是我呼延灼不忠于国家和朝廷，是兄长的义气感动了我，不容我不答应。我情愿随兄长一起上梁山。"宋江非常高兴，就请呼延灼和其他头领相见了。还叫李忠、周通还了那匹踢雪乌骓马给呼延灼。

随后，大家又一起商量怎样搭救孔明，吴用说："其实只要呼延将军叫开城门，一切就很容易了。

呼延灼回答说："我既然已是梁山的人了，就应该为梁山效力，叫开城门没问题。"

当晚，宋江就叫上秦明、花荣、孙立、燕顺、吕方、郭盛、解珍、解宝、欧鹏、王英等十个头领，假装成普通军士模样，跟着呼延灼，来到了青州城边。呼延灼朝城门大喊道："城上开门！我是呼延灼！"

把守城门的人认识呼延灼，就报告给了慕容知府。慕容知府就登上城楼来看，见果然是呼延灼，就问："将军不是被捉去了吗，怎么回来了？"

呼延灼说："知府大人，我陷进了那贼人挖的坑，没想到那贼人

的部队里有我原来的手下，悄悄偷放了我，还和我一起逃回来了。"

知府听呼延灼这么说，没有怀疑，就叫人打开了城门，放下吊桥。那十个头领跟着呼延灼一起进了城。一队人马刚来到知府面前，秦明手起一棒就把慕容知府从马上打下来打死了。解珍、解宝放起火来；欧鹏、王英登上城楼把把守城门的士兵都杀了。宋江带领大队人马，

见城上起火，就杀入城来，到大牢里救出孔明和他叔叔孔宾一家老小。

宋江拿下青州城后，就在青州知府里摆了宴席招待各位头领。席间，宋江邀请白虎山、桃花山、二龙山三山的头领一起上梁山。

李忠、周通就叫人回桃花山把钱财和人马收拾好，然后一把火烧了营寨，准备前往梁山。鲁智深也派施恩、曹正回二龙山和张青、孙二娘烧了宝珠寺寨栅，收拾人马钱粮，一起上了梁山。

宋江领着白虎山、桃花山、二龙山的大队人马，回到梁山。晁盖早带着梁山所有的头领在岸上迎接了。大家一起到了梁山大寨的聚义厅里，而后又大摆宴席，庆祝新到梁山的各山寨头领，有呼延灼、鲁智深、杨志、武松、施恩、曹正、张青、孙二娘、李忠、周通、孔明、孔亮共十二位新上山头领。

席间，林冲说起野猪林被鲁智深相救的事情。鲁智深也动情地说："自从和教头分别后，我一直都记挂着教头，不知家里还好吗？"

林冲叹了口气说："我在梁山安顿好之后，就派人回去接我的家人。结果派去的人回来告诉我，我娘子被高太尉逼得走投无路，自杀了；岳父也因为伤心过度故去了。"鲁智深气得直跺脚，众人劝了半天后他才消了气。

─────────── ┃ 词语沙龙 ┃ ───────────

最能描述呼延灼这个人物的词语：

◎万夫不当：一万个人也抵挡不住。形容非常勇猛。

◎逼上梁山：比喻在不得已的情况下做某件事。

第十九章

华州救史进

眼看梁山势力越来越强大，晁盖和宋江非常高兴，赶紧安排人又盖了一些房子，好安顿新上山的头领们。这天，鲁智深找到宋江说："我以前在渭州城的时候结识一个好汉，是李忠兄弟的徒弟，名叫九纹龙史进，现在在华州华阴县的少华山上，一伙儿的还有神机军师朱武、跳涧虎陈达、白花蛇杨春三人。自从那次在瓦罐寺和他分别后，我时常惦念起他。现在我想去他那里探望一下，劝他们四个一起上梁山，不知道兄长觉得怎么样？"

宋江高兴地说："我也经常听人说起史进的大名，如果能请他们一起上梁山，那当然最好了。但是为了安全起见，你别独自去少华山了，就让武松兄弟陪你走一趟，路上也有个照应。"

武松应道："我愿意陪师兄一起去。"

于是，他们当天便收拾了行李，辞别了众头领下了山，没几天，就来到华州华阴县界。他们往少华山走去。宋江自从同意鲁智深、武松下山后，很是放心；就叫来神行太保戴宗随后跟来打探消息。

鲁智深和武松两个人刚来到少华山下，就有小喽啰出来拦住他们问："你们两个出家人是哪里来的？"

武松回答说："我们是来找史进的。"

小喽啰又问道："既然是找我们史大王的，请两位在这里稍等一下。我上山去报告我们头领，让头领们下山迎接二位。"

武松叮嘱小喽啰说："你告诉你们头领，就说鲁智深来探望就行。"

小喽啰点点头上山去了，不一会儿，只见神机军师朱武、跳涧虎陈达和白花蛇杨春三个下山来迎接鲁智深、武松了，却不见史进。

鲁智深就问："我兄弟史进在哪里？他怎么没过来？"

朱武说："还请二位先到山寨中，我把最近发生的事情详细地告诉二位。"

鲁智深急着要见史进，就说："有话就在这里说。见不到史兄弟，我是不会上山去的！"

武松也说："我哥哥是个急性子的人，你们就在这里先说说吧。"

朱武看没有办法，就说："前几天史大官人下山，遇见一个画匠，他原来是北京大名府人，叫王义；因为要在西岳华山金天圣帝庙还愿，就带着自己的女儿玉娇枝一起来华山金天圣帝庙。谁知道，刚好碰到本州贺太守也在庙里上香，贺太守看玉娇枝长得漂亮，就派人几次给王义提亲，说要纳玉娇枝为妾。王义不答应，贺太守就派人抢走了玉娇枝，还把王义抓起来判了一个罪名，要发配到偏远的地方去。那个贺太守原是蔡京的学生，是个贪官，常常欺压百姓。史大王早就想收拾他了，刚好王义遇见了史大王，把自己的冤屈告诉了史大王，史大王就把王义救上了我们山寨，又要去太守府里杀那贺太守。但这事不知怎的被人告密了，史大王就被抓住了，现在还被关在监狱里。那个贺太守说，还要带领兵马攻打我们山寨，我们正在商量对策，没想到两位好汉来了，还请两位帮帮我们！"

鲁智深听朱武如此一说，怒骂道："这个狗官，没想到这么无耻阴险，我这就去杀了他，救出我兄弟！"

朱武说："师父不要着急，我看不如先请二位到我们山寨里吃些东西，再好好商议怎么救史大官人吧。"

鲁智深不愿意，执意马上就去华州城。武松一手拉住他的禅杖，一手指着天上说："哥哥，你看看，现在已经很晚了，你再着急也要歇息一晚上呀。"鲁智深无奈地大吼了一声，只能和其他人一起来到山寨中。

到山寨后，朱武就把王义叫出来拜见鲁智深和武松，王义说了自己的遭遇，鲁智深又一次气得火冒三丈，要去找贺太守算账，幸亏众人再次劝说了一番才劝下来。朱武等人准备了酒菜招待鲁智深和武松，朱武等人要敬鲁智深酒，鲁智深却说："史家兄弟不在这里，酒我是一滴也不喝！我要好好地睡一个晚上，明天一大早就去华州打死那个狗官！"

武松说："哥哥不要急，我看咱们两个人还是尽快回梁山泊去，报告宋公明哥哥，让他带领大队人马来攻打华州，这样一定可以救出史大官人。"

鲁智深焦急地说："等我们去山寨里叫人来，史兄弟的性命早就

少年读水浒

丢了！"

武松说："你这么做实在太冒险，就算杀了太守，怎敢保证能救出史大官人？武松我绝不敢轻易放哥哥一个人去华州城。"

朱武也来劝鲁智深，说："师父不要生气，我看武都头说得很有道理。"

鲁智深焦躁起来，大声喊道："如果都像你们说得这样不行那样不行的，还在这里慢慢喝酒慢慢商量，史兄弟早就被人害了！"大家见劝不住，也就不劝了。天还没亮的时候，鲁智深自己一个人就提了禅杖，带了戒刀，朝着华州城出发了。

武松得知鲁智深走了，叹气说："我鲁师兄不听人劝，这次去，恐怕要被人捉去了。"朱武马上派两个聪明的小喽啰去华州打探消息。

鲁智深到了华州城，向路人打听州衙的方向，路人指着眼前的一座桥告诉他："只要过了这座桥，往东走一小会儿就到了。"

鲁智深刚来到那座桥上，只听有人喊："和尚，和尚，快躲一躲，太守马上要过来了！"鲁智深心想："太巧了！我正要找他，他却自己撞来了，省得我找了，我正好当面杀了他！"

正想着，贺太守的轿子过来了。那轿子的窗户两边各有十个虞候簇拥着，个个手里拿着鞭枪铁链。鲁智深心想："这么多虞候保护着这个太守，如果一下子杀不了那个太守，反而被人嘲笑。"

贺太守从轿子的窗眼里，正好看见了鲁智深犹豫的样子，过了桥，进了府，就对两个虞候吩咐说："你们去请桥上那个胖大和尚到我府里吃饭。"

虞候领了命令，来到桥上，对鲁智深说："师父，太守请你到府里吃饭。"

鲁智深想："这下机会来了，我正要打他，还怕打不着，他却派

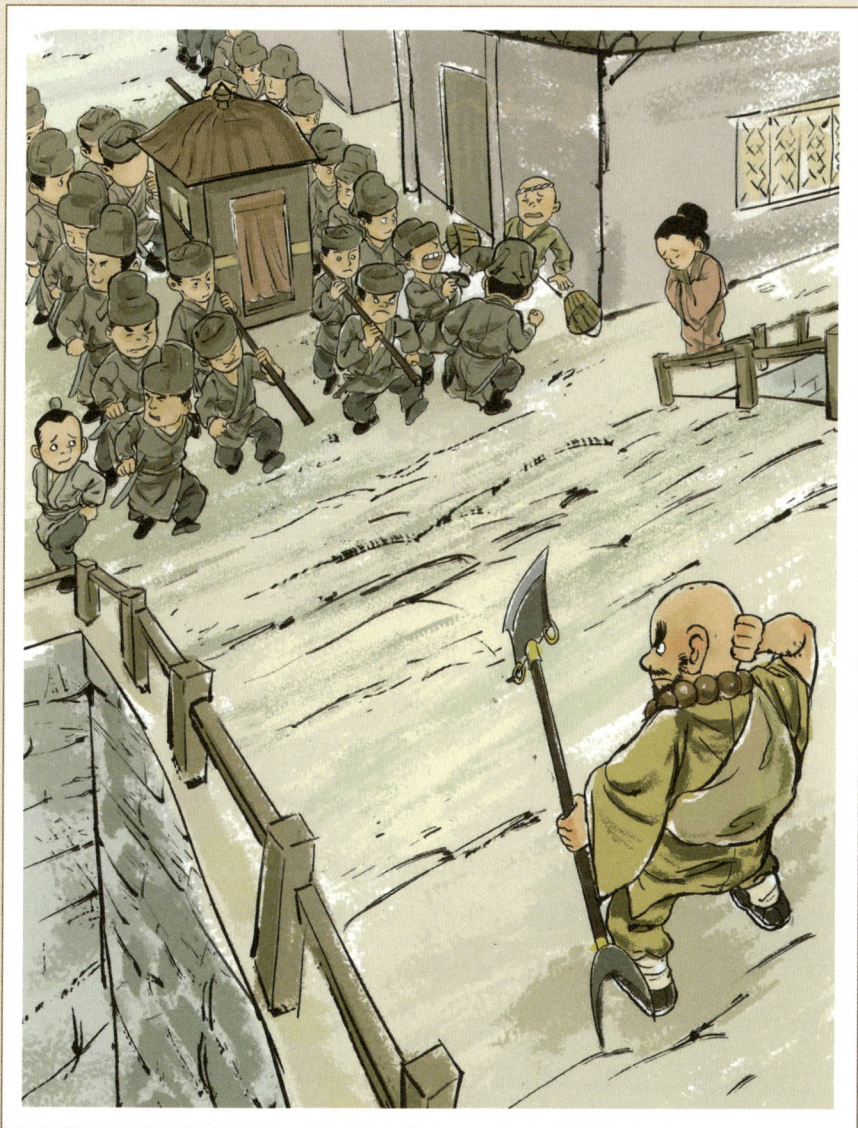

▲ 桥上遇太守

117

人来请我！”当即心花怒放，跟着虞候去了太守府里。

太守其实早已安排好了，只要鲁智深进入府衙大厅，就要他放下禅杖和戒刀，去后堂吃饭。鲁智深看虞候叫他放下武器，当然不愿意了。虞候说：“师父你也是出家人，怎么连这个道理都不懂。这里是华州知府的府衙，怎么能让你带兵器进入？”

鲁智深想：“就凭我两只拳头也能打碎那个狗知府的脑袋！”于是就放下了禅杖、戒刀，跟着虞候来到后堂。谁知，刚到后堂就被三四十个官差放倒在地，绑了起来，押到知府面前。知府看到鲁智深，大声地问：“你这个胖和尚，我刚才在桥上见你一副鬼鬼祟祟的样子，不像个好人。说！你是哪里来的？”

鲁智深怒道：“我犯了什么事，你要抓我？”

太守说：“你说实话，是谁让你来刺杀我的？”

鲁智深分辩道：“我是出家人，怎么会随便杀人？”

太守大声骂道：“我刚才在桥上就看见你想用禅杖来打我轿子，看我手下人多，又不敢下手，你还不赶快说实话。”

见鲁智深还不承认，太守又说：“我断定这个胖和尚肯定是关西这一带打家劫舍的强盗，来给他的同伴史进报仇的。如果不打他，他怎么会说实话？你们给我好好拷打这个贼和尚。”

鲁智深大叫道：“我告诉你们，我是梁山泊好汉花和尚鲁智深。我死了不要紧，但是我哥哥宋公明如果知道我死了，你们所有人都别想活！”

贺太守听了大怒，叫人把鲁智深狠狠地拷打了一回，然后用枷锁铐住关到了死牢里。朱武派去的两个小喽啰探听到这个消息，飞快地回去报给了武松和朱武等人。武松听了，非常痛心，说：“我们两个人来华州的，现在只剩我一个，我还有什么脸面回去见宋江哥哥。”

众人正没有办法，山下的小喽啰又进来报告："山下有个人来见，说是梁山泊宋江派来的头领，名字叫作神行太保戴宗。"武松慌忙下山把戴宗迎上了山，带他和朱武等三人都相见了。戴宗得知了鲁智深不听劝被华州知府抓走的事情，非常着急，说："那我得赶紧回去！把这件事告诉宋江哥哥，让他们早点儿安排人马来救鲁智深。"

武松说："还望兄长快去快回，早日救出我师兄和史大官人。"

戴宗吃了些素食，作起他的"神行法"，三天就回到了梁山泊。戴宗见了晁盖、宋江，把鲁智深和史进的遭遇告诉两个头领。宋江听了，大惊失色，说："既然鲁智深和史进兄弟有难，我这就清点人马去华州救他们。"

于是宋江点了前军五员先锋：花荣、秦明、林冲、杨志、呼延灼，引领一千兵马，两千步军先行；中军领兵主将宋公明、军师吴用、朱仝、徐宁、解珍、解宝，共六个头领，马步军兵两千；后军主掌粮草，李应、杨雄、石秀、李俊、张顺，共五个头领带领马步军兵两千断后，三队人马共计七千人马，离了梁山泊，往华州去了。戴宗还是作起了神行法先到了少华山，朱武等人得知梁山大队人马到来，事先安排杀了些猪和羊，准备好酒菜招待梁山的好汉们。

宋江带领大队人马到了少华山下，武松引了朱武、陈达、杨春三人，下山拜见宋江、吴用等头领，迎接他们到山寨里坐下。宋江问武松等人华州城的新动向。朱武回答说："我们打听了很多次，鲁师父和史大官人被关在监牢里，贺太守已上报给朝廷，等候发落呢。"

宋江问吴用："这次我们要用什么办法去救史进、鲁智深？"

还没等吴用说话，朱武说："华州城的城门和城墙都非常坚固，如果硬闯，恐怕攻打不下。除了里应外合，没有更好的办法了。"

吴用说："那我和宋大哥明天去城边看看，回来再商量吧。"

　　而后，吴用又说："现在城里关了两个重要的犯人，那华州太守一定做好了准备，严密监视着周围，我们白天去察看肯定不合适。我看了天气，今晚月色皎洁，我们就半夜出发，趁他们没防备去察看一番。"

　　宋江等人趁着月色看了城池后，果然像朱武说的那样坚固，就又回了少华山山寨去了。宋江整天为怎么救鲁智深和史进发愁，吴用派了十几个小喽啰每天到山下和附近打探消息。

　　过了两天，终于有一个打探消息的小喽啰回到山上来，对吴用和宋江等人说："我们打听到，朝廷派了个殿司太尉，带着皇帝御赐金铃吊挂来西岳华山上香，他们乘船从黄河入渭河而来，这几天就到我们附近了。"

　　吴用听了这个消息，非常高兴，就对宋江说："哥哥别担心了，我们救鲁智深和史进，全靠这个太尉了。"

　　于是，吴用让李俊、张顺两个善于水战的头领在河里拦住那个太尉的船只，宋江、李应、呼延灼、花荣、秦明、徐宁、李逵等则在岸上接应，把那个太尉给劫了过来。宋江等人埋伏在船里，看那个人的旗子，知道他叫宿元景，就把宿太尉接到山寨上，躬身施礼说："我们是梁山上的人，但梁山上的人并不像朝廷想的那样，都是打家劫舍的强盗。比如我宋江原是郓城县的一个小吏，因为吃了官司不得不上了梁山。我们这些兄弟都是没有办法，才暂时躲避在了这梁山中。我有两个兄弟，被华州的贺太守抓了，我今天实在没有办法，要借太尉的御香、仪从、金铃吊挂等东西去华州救我的兄弟，事情办完了这些东西再都还给太尉。事后有人问起来，您将责任都推到我宋江头上就好。"

　　然后，宋江在小喽啰里找了一个长相和宿太尉很像的人，穿了太尉的衣服，假扮成宿太尉；宋江、吴用扮成客帐司（衙署中掌接待、侍奉的官员），解珍、解宝、杨雄、石秀等人都假扮成宿太尉身边的虞候。宋江又让秦明、呼延灼带领一队人马，林冲、杨志带领一队人马，分作两路准备攻打华州城。

假扮的太尉一行人走到了西岳庙，上了香，就对庙里的观主说："我是特奉圣旨，拿着御香、金铃吊挂来上香的，怎么华州的官员不来迎接？"

观主回答说："已经派人去禀告贺太守了，他应该马上就到了。"

过了不久，贺太守果然带着三百多个手下来了。吴用大喊一声："朝廷太尉在此，闲杂人不许过来！"那三百多个人就留在了门口。贺太守进到官厅前，来拜假太尉。就被解珍、解宝弟兄两个拿出短刀砍死。剩下的人一起冲出去，将太守带来的三百多人都杀了。

等宋江等人到华州时，见华州城里已经冒了烟，就知道派出去的两路人马已杀进了华州城。宋江就进城去牢中救了史进、鲁智深。

大家回到少华山来，鲁智深就和史进、朱武等人商量，劝他们一起上梁山。朱武和史进就让人带上了山寨里的东西，放了火烧了营寨，然后奔梁山去了。

词语沙龙

最能体现鲁智深性情急躁的词语：

操之过急：办事过于急躁。

心急火燎：心里急得像火烧一样，形容非常着急。

第二十章

智取大名府

　　宋江等人从芒砀山收降了混世魔王樊瑞归来，刚到梁山泊边上，欲渡船去时，忽然芦苇岸边有个大汉看见宋江就跪下了。宋江下马问他为什么跪拜自己，那个大汉说："我叫段景住，因为我的头发是红色的，胡子是黄色的，所以人们都叫我金毛犬。不久前，我盗了金国王子的一匹好马，那匹马浑身雪白，没有一根杂毛，又高又大，跑起来一天能行千里，叫作'照夜玉狮子马'。我本来想把这匹马送给梁山的头领，谁知道经过曾头市，被那曾家五虎抢去了。我说这匹马是梁山泊宋公明的，没想到他们骂得更难听了。"

　　宋江见他相貌不凡，心中暗喜，便把他带到了梁山，命神行太保戴宗前去曾头市打探那匹马的下落。

　　戴宗去了三五天，回来说："这个曾头市的老爷原是金国人，生了五个儿子，号称曾家五虎，还有一个教他们武艺的教师史文恭，手下有好几千人马。那匹照夜玉狮子马现在是史文恭的坐骑。而且他们一直想攻打我们梁山，还编了一些儿歌教给曾头市的小孩们唱：

'摇动铁镮铃，神鬼尽皆惊。

铁车并铁锁，上下有尖钉。

扫荡梁山清水泊，剿除晁盖上东京！

生擒及时雨，活捉智多星！

曾家生五虎，天下尽闻名！'"

晁盖听了戴宗的话非常愤怒，执意带人马下山去攻打曾头市，没想到却中了史文恭的圈套，被史文恭一支毒箭射到脸上，最终中毒而死。晁盖临死前对宋江说："如果谁捉住那个射中我的人，就让他做梁山之主。"

众人推举宋江暂时代理梁山泊的大头领，为晁盖举办丧事，还请来做法事的北京大名府龙华寺僧人大圆。法事完毕，宋江和他闲谈，谈到北京大名府的风土人情和人物，那个大圆和尚说："头领你们难道没有听说过河北'玉麒麟'的大名？"

宋江、吴用听了，猛然想起，说："你看我们怎么把他给忘了。北京城里是有个卢大员外，叫卢俊义，绰号'玉麒麟'，一身好武艺，棍棒天下无敌。我们梁山泊如果有他加入，不论是给晁盖晁天王报仇还是以后发展都不用愁了。军师你有没有什么办法让他上山来？"

吴用笑着说："请他上山容易，我去走一趟。"

宋江问吴用用什么办法请他上山，吴用笑着不说话，只说派一个同伴陪他下山就行。随后，吴用带着黑旋风李逵

知识加油站

做法事

泛指佛教、道教中规模较大的诵经礼拜仪式。在本部分内容中指僧尼诵经超度亡人的法会。

下了山。这天，吴用扮成算命的道士摇铃杵，李逵假装成道童挑着担子，走在街上，恰巧就被请到了卢俊义家里为卢俊义算命。卢俊义非常信任吴用，吴用言说卢俊义有血光之灾，并借机在卢俊义家题了一首藏头反诗，并建议卢俊义朝东南方向走一千里之外躲避灾祸。

卢俊义果然按照吴用说的做了，结果被梁山上的人捉到了山上。宋江等人便一边招待卢俊义，一边放卢俊义的管家李固下了山。管家李固是个见利忘义的人，果然把卢俊义上梁山的消息报告给了北京大名府的梁中书。卢俊义被困在山上住了几个月，完全不知道这些事，等宋江把他放回去后，他就被梁中书抓了去。

因为有人为卢俊义求情，他才只被判了个发配偏远地方的罪。但是李固一心要杀了卢俊义，好夺他的家产，就给了两个押送的官差些银子，让他们在半路杀死卢俊义。没想到半路上卢俊义被他的仆人浪子燕青救了。卢俊义被救走的消息传到了官府，梁中书再次派人抓住了他，这次判了他死刑。

得知卢俊义被抓，宋江非常着急，问吴用怎么办。吴用说："过几天就是元宵节了，北京大名府必然张灯结彩。我们可以利用这个机会，先在城中埋伏一些我们的人，在城外再埋伏大军，这样里应外合就可以拿下北京大名府，然后救出卢俊义了。"

宋江说："这个办法好，请军师安排吧！"

吴用就安排时迁在城内放火作为里应外合的信号；命令解珍、解宝扮成猎户，去城里的官员府里，进献野味；命令杜迁、宋万扮成贩米的客人，推了一辆车子，去城中住宿；命令孔明、孔亮扮作乞丐，先去城里住下；命令李应、史进扮作商人；命令鲁智深、武松扮作僧人，先去城外的寺庙里住下；命令邹渊、邹润扮作卖灯的商贩；命令刘唐、杨雄扮作官差公差；命令公孙胜扮作云游道士，凌振扮作道童；

还有燕青、王矮虎、孙新、张青、扈三娘、顾大嫂、孙二娘等人进城，看到城里起火，就从城里的东、南、西、北四个方向夺下城门，让外面的大队人马进城。

梁山上的人马在吴用的安排下向北京大名府方向去了。大名府的梁中书为了防止有人在元宵节闹事，也派了官兵加强巡逻。

到了凌晨四五点，时迁果然在城楼上放起火来，看灯的百姓见起火了，顿时乱作一团。这个时候，又有人汇报说梁山的人马杀进来了，吓得梁中书骑马就要逃。梁中书逃到东门时，两条大汉大喊道："梁山李应、史进在此！"吓得他又逃向南门，只见有人汇报："南门有一个胖大和尚，抡动着铁禅杖；一个行者，拿着一双戒刀，杀了过来。"梁中书又逃回西门，只听得火炮声不停地响起，原来是梁山的邹渊、邹润在放火。梁中书逃到西门，和他部下的将领李成会合在一起，赶到南门城上。这个时候，呼延灼、林冲、花荣、关胜、秦明等将领从四面八方杀过来，李成和梁中书打不过只好逃走了。梁山的人冲进大牢里救出卢俊义和石秀。

卢俊义为了报答宋江等人的救命之恩，就跟着宋江等人一起去攻打曾头市，还活捉了史文恭。

卢俊义活捉了史文恭，宋江要按照晁盖的遗愿将梁山主人的位置让给卢俊义。卢俊义谦让并不接受。吴用趁机也劝说道："哥哥为尊，卢员外次之，我们众兄弟都同意。"然后还用目光暗暗看向其他人，下面的头领们也都附和如此最好。李逵性子最直，大叫道："我奔公明哥哥而来，你怎让来让去！我天不怕地不怕，再这样各自散去算了！"鲁智深也生气地大声说："如果哥哥把梁山寨主的位置推让给别人，我看我们还是散伙吧，我再回我的二龙山！"

宋江看大家都不同意，就说："好吧，我还有个办法。现在我们

▲ 智取大名府

山寨的人越来越多，钱和粮食有些缺少了，我们梁山东面有两个地方，一个是东平府，一个是东昌府。我们从来没有骚扰过他们，前几天向他们借粮食，他们不借给我们。今天，我把这两个地方写进两张纸条里，揉成纸团，我和卢员外各抓一个，谁先攻下城池，谁就是梁山之主，大家觉得怎么样？"

吴用说："也好，听从天命。"

卢俊义说："我听从哥哥的差遣。"

| 词语沙龙 |

最能体现卢俊义人物形象的词语：

◎仪表堂堂：形容男子容貌端正，风度不俗。

◎武艺超群：形容武艺高强，超出一般人。

第二十一章

再攻东昌府

　　当天，宋江带了林冲、花荣、刘唐、史进、徐宁、燕顺、吕方、郭盛、韩滔、彭玘、孔明、孔亮、解珍、解宝、王英、扈三娘、张青、孙二娘、孙新、顾大嫂、石勇、郁保四、王定六、段景住、阮小二、阮小五、阮小七等头领去攻打东平府。

　　卢俊义带了吴用、公孙胜、关胜、呼延灼、朱仝、雷横、索超、杨志、单廷圭、魏定国、宣赞、郝思文、燕青、杨林、欧鹏、凌振、马麟、邓飞、施恩、樊瑞、项充、李衮、时迁、白胜、李俊、童威、童猛等将领下山去攻打东昌府。

　　宋江率先攻下了东平府并收服了双枪将董平。宋江正要回山寨，只见白胜前来报告："卢俊义去打东昌府，已经连续输了两次。因为城里有个猛将，叫张清，善于用飞石打人，几乎百发百中，绰号没羽箭，已经用飞石打伤好几个头领了。军师特令小弟来请哥哥去救应。"宋江就又带兵马来到了东昌府帮助卢俊义。

　　宋江见了卢俊义，正商量着对策，忽然有人来报："没羽箭张清在外面叫战。"

宋江领了军马出了营寨接战。两军摆开阵势，张清驰马出阵来，手指宋江先大骂起来。宋江问道："谁先去和此人交手？"

知识加油站

叫战

又称骂战，指在两军的阵前，叫骂着要敌方出战。

只见阵里金枪手徐宁手舞钩镰枪，打马过来战张清，打斗还不到五个回合，张清就要撤退。徐宁追向前去，不料张清左手拿着枪，右手从锦袋中掏出石子，回过身，朝着徐宁的脸投过去，一个石子刚好打在徐宁眉心，打得徐宁掉下马来。张清的副将龚旺、丁得孙要去捉拿徐宁，幸亏宋江阵上人多，早有吕方、郭盛赶上来，把徐宁救了回来。

宋江没想到张清这么厉害，非常吃惊，再问："还有哪个兄弟愿意再去和张清一战？"话还没说完，只见锦毛虎燕顺骑着马出阵，已经去攻打张清了。燕顺和张清打斗了多个回合，逐渐体力不支，想撤回阵中，没想到张清追上来，一个石子飞出，打到燕顺盔甲的护镜上，发出响亮的声音，燕顺伏鞍而走。看燕顺被石子打到，百胜将韩滔大叫一声，便追上来战张清，也被张清一个石子打到鼻子上，鲜血直流。彭玘见了大怒，不等宋江将令，便飞马上前去斗张清，却也被打伤脸部。

宋江见伤了数将，内心有些惊惶，便要撤兵。只见丑郡马宣赞从卢俊义身后大叫着拍马舞刀而去，直奔张清。那张清抬手又扔了一个石子，正打在宣赞的嘴边，翻身落马。众将赶紧将他救回了阵中。

宋江见这么多人受伤，非常生气，把手里的剑举起来，割破衣服发誓："捉不到张清，誓不回山寨！"

呼延灼见宋江发誓，就说："兄长如此说，要我们这些兄弟何用！"然后拍打着踢雪乌骓，直到阵前和张清交战。呼延灼大骂张清："小儿，你可认得呼延灼？"

张清回答说："打了败仗的将军，也敢来教训我！"话还没说完就一个石子飞了过去，呼延灼急忙用自己的鞭子去挡，却没挡住，刚好打到了手腕上。呼延灼疼得几乎要拿不动自己的钢鞭，只能回到了阵中。宋江看自己带的马军头领都被打伤，就问步军头领，谁愿意去和张清打斗。刘唐、杨志、雷横、朱全分别出阵和张清交战起来，又先后被张清的石子打倒了。

关胜轮起青龙刀，救朱仝、雷横等人的时候也被张清一个石子打过来，他用大刀去挡，没想到石子打到刀上居然发出了火光。双枪将董平见梁山头领们先后被张清打伤，心想自己是刚刚加入的，定要立功，也来战张清。打斗了一阵，张清掏出一个石子打向董平，董平躲过了，张清又打过去一个石子，也被董平躲过去了。董平很得意，用枪去刺张清，被张清躲过，最终还是被张清的石子打伤。急先锋索超去救董平，自己也被打伤。宋江看向自己的各头领们，发现那张清一连打伤自己十五员大将，无奈只得退军了。

　　退回到营寨，宋江急与卢俊义、吴用商量起对策来。吴用说："那

张清虽然英勇，但在水里肯定也无可奈何。先命人把受伤的头领们送回山寨中，再让鲁智深、武松、孙立、黄信、李立，带领水军，安排车子和船只，把张清引出来，再活捉他。"

张清打了胜仗，回去和太守商量说："我虽然赢了两次，但仍然没有除掉这些贼人，可以派人去打探他们的动向，咱们再做下一步打算。"

不一会儿，出去打探消息的人回来报告说："梁山运粮的队伍从西北方向过来了，有一百多辆车子，车子上全部是粮米；河里也有粮草船，大小有五百多只；沿路只有几个梁山的头领监督。"

太守说："你再去打探打探，确定是不是粮草。"

第二天，打探消息的又回来说："确定了，车上都是粮草，还不停地往下掉米。水中船只虽然遮盖着，但也有米袋子露出来。"

张清说："那我今天晚上就去劫了他们岸上的粮草，这些人没了粮草，肯定会大乱。然后再去拦下他们的船只。"

太守说："这样也好，我在城里等你消息。"

到了晚上，张清果真带领着一千士兵，悄悄地出了城。走了大约十里，果然看见有一支队伍押运粮草，那车子上面竖着旗子，清楚写着"水浒寨忠义粮"。走在前面押送粮草的正是鲁智深，只见他拿着禅杖，大踏步向前走着。张清偷偷地扔了一个石子，刚好打在鲁智深的头上，打得鲁智深头上血流不止，往后倒去。看鲁智深受伤，张清带着人大喊着杀了过来。一起押送粮草的武松见鲁智深受伤，就连忙救起鲁智深，扔了粮车跑了。

张清抢到粮车，打开一看，果然是粮米，非常高兴，带着粮草就进了城。太守见张清抢了粮草，也非常高兴，便安排人将这些粮草收了起来。张清要再去抢河中的米船，太守也非常痛快地答应了。

很快，张清带着人杀到了河边，但见天上满是乌云，还起了黑色的大雾，根本看不清船只。原来这是入云龙公孙胜所作的道法。张清只觉得眼前一片黑暗，想要撤兵，却听见四面八方全是梁山的人马。原来是林冲带领人马杀了过来，把张清连人和马全都赶下水去了。河里的李俊、张横、张顺等八个水军头领早就埋伏好，张清一下水就被他们捉住了。

　　吴用一面安排水军捉住张清，一面安排其他大小头领连夜攻进城里，就这样顺利地攻下了东昌府。宋江等人就在州衙里商议后续事情，只见水军的头领押着张清过来了。因为梁山的许多头领都曾被张清打伤，他们都对张清恨得咬牙切齿，要来杀张清。但宋江却制止了大家，还解开了绑着张清的绳索，让他坐下来。这个时候鲁智深也过来了。只见鲁智深用手帕包着头，拿着自己的铁禅杖，非常愤怒，过来要打张清。宋江劝住鲁智深等人，说张清也是有本事的人，如果他肯上梁山，做了我们的兄弟，岂不是更好。张清见宋江这样义气，也就下拜投降了。

词语沙龙

在攻打东昌府的时候，梁山英雄们遇到了猛将劲敌张清，惨遭挫败。最能描写面对这一挫折时众人表现的词语：

◎**百折不挠：** 无论受多少挫折都不退缩，形容意志坚强。

◎**重整旗鼓：** 指失败后，重新集合力量再干。

第二十二章

梁山排座次

宋江率领一众人从东昌府回了山寨后，这时梁山的大小头领，一共有了一百零八位，他心中非常高兴。

一天半夜里，忽然听到一声巨大的声响。宋江带着大小头领等人出门看时，只见从天上落下一团火来，那团火降到地面上后居然钻到地底下去了。

宋江就叫人用铁锹、铁锄头挖开地上的泥土，他们挖了很深才发现了一块石碣。石碣上刻着几行字，众人看了又看，没一个人认识上面的字。宋江就找来一个自称认识天书文字的道士来看这块石头。

那个道士捧着石碣看了很久，才说："石碣的正面刻着的是梁山所有好汉头领的名字，左侧刻的是'替天行道'四字，右侧刻的是'忠义双全'四字。"宋江就让圣手书生萧让，用黄纸将道士翻译的文字誊写下来。道士说："石碣上刻的是大家的名字，有三十六位天罡星，七十二位地煞星。下面我把它念出来。

"梁山泊天罡星三十六员：

天魁星呼保义宋江　　天罡星玉麒麟卢俊义

天机星智多星吴用　　天闲星入云龙公孙胜

天勇星大刀关胜　天雄星豹子头林冲

天猛星霹雳火秦明　　天威星双鞭呼延灼

天英星小李广花荣　　天贵星小旋风柴进

天富星扑天雕李应　　天满星美髯公朱仝

天孤星花和尚鲁智深　　天伤星行者武松

……"

道士念完名字，萧让也记录完了，就传给众人看。大家看了，都惊讶不已。宋江对大大小小的头领说："我们兄弟原来都是天上的星宿呀。今天我们人都齐了，应该排好次序，各守其位，不要违背天意。"

宋江感谢了道士，然后和吴用、朱武商量，要在大堂上立一面牌额，写上"忠义堂"三字。然后，宋江让人选择了一个吉日，杀牛宰羊，挂上了"忠义堂"的牌额，在山顶又立起"替天行道"的杏黄旗。挂完牌匾和旗子，宋江让人准备了宴席，和头领们吃喝庆贺完毕后，颁布了号令：

"大小兄弟，各位头领，今天颁布的号令大家一定要遵守，如有违犯，一定依军法处置，决不轻饶。"

宋江传令完毕，梁山泊好汉们的座次、任务也分配完毕。其中鲁智深做了梁山步军的头领，手下行者武松、赤发鬼刘唐、插翅虎雷横、黑旋风李逵、浪子燕青、病关索杨雄、拼命三郎石秀、两头蛇解珍、双尾蝎解宝等人。当天，各个头领领了自己的职责去了自己的岗位。后来，宋江选择了一个吉日传令让头领们聚在大堂上，焚了一炉香，对众人说："我们既然都是兄弟，又上应星魁，就应对天发誓，生死相托，患难相扶。"

众人听了宋江的话，都非常高兴，每人都拿了香，齐刷刷地跪在大堂上共立大誓："但愿生生相会，世世相逢，永无阻断。"并歃血为盟。发誓完毕，大家又一起喝酒，喝得大醉。座次和职位排定后，这些头领们各司其职，替天行道，劫富济贫，好不兴旺。

不觉间又到了重阳节，宋江叫宋清准备好宴席，安排所有的头领一起赏菊花。所以这次聚会也叫菊花之会。

菊花之会上大家都非常高兴，大声聊着天，大碗喝着酒。席间马麟吹箫，乐和唱曲，燕青弹筝，异常欢乐热闹。宋江也喝了很多酒，借着酒劲，叫人拿来纸和笔，填了一首《满江红》词，还叫乐和把这首词唱出来。词是：

喜遇重阳，更佳酿今朝新熟。见碧水丹山，黄芦苦竹。头上尽教添白发，鬓边不可无黄菊。愿樽前长叙弟兄情，如金玉。统豺虎，御边幅；号令明，军威肃。忠心愿平虏，保民安国。日月常悬忠烈胆，风尘障却奸邪目。望天王降诏早招安，心方足。

当乐和唱到"望天王降诏早招安"一句，只见武松腾地站起来，生气地说："今天也要招安，明天也要招安，就不怕冷了兄弟们的心吗？"

　　黑旋风李逵也气得瞪大眼睛，大声吼道："招安，招安，招什么鸟安！"抬起一脚就把面前的桌子踢翻了，桌子上的酒菜洒了一地。宋江见此，非常愤怒，喝道："这黑厮怎么这样无礼？来人，把这个黑厮推出去砍了！"

　　其他头领看宋江要杀李逵，慌得跪下求情说："哥哥，李逵兄弟是喝多了酒发狂了，请你饶了他吧！"

　　宋江余怒未消，但也不好违了众头领的心意，只好说："大家都起来吧，那就先把他关起来，等他酒醒了再说。

　　众头领这才都起来。几个小喽啰上前来请李逵。李逵说："我除了宋江哥哥，谁都不服，宋江哥哥要砍我脑袋，我也心甘情愿，我这就跟你们走。"说完，就老老实实跟着那几个喽啰去牢房了。

　　宋江听了李逵的话，一下子清醒了，觉得刚才差点儿因为冲动杀了李逵兄弟，心里非常难过。吴用劝他说："哥哥，你举办这个聚会，是让大家都高兴一番，兄弟们醉酒说的话你不用放在心上，来，我陪你再喝一杯。"

　　宋江说："前几年我在江州喝醉了酒，在酒店的墙上写了一首诗，差点儿因为那首诗被杀；今天喝醉酒作了一首《满江红》词，又差点儿因为这首词把李逵兄弟杀了，幸亏是兄弟们劝我。李逵跟我情分最重，如果真的杀了他，我这辈子都会后悔的。"

　　说完后，宋江又对武松说："武松兄弟，你也是个识大体的人。我主张招安，是想让大家都有个正道走，咱们不可能当一辈子被人鄙

▲ 率先反招安

弃的山贼强盗吧？这也是为了大家的前途着想，怎么就冷了兄弟们的心了？"

鲁智深听了宋江的话，不以为然地说："现在满朝文武大臣，哪一个不是自私自利的奸佞小人，皇上都被他们哄来骗去。就好比我的袈裟染上了颜色，还怎么能洗干净呢？哥哥如果真要招安，我现在就告辞，大家散伙，各自去找自己的归宿吧。"

鲁智深说完就要走，宋江急忙拉住他，说："兄弟们都听我说，智深兄弟说得也有道理。我知道很多兄弟也是这么想的。现在的皇帝非常圣明，只是被那些奸臣给蒙蔽了。但是我相信总有一天皇帝会知道我们梁山上的兄弟们是替天行道的，不害善良的老百姓，只抢那些做坏事的豪绅或者为官不仁的人。如果皇帝知道了我们的心思和志向，愿意赦免我们的罪，招安我们，我们一起报效朝廷，在历史上留下好的名声，难道不是好事情吗？所以我才说，盼望皇帝早点儿招安，并没有要大家分开的意思。我们是一起发过誓的结拜兄弟，怎么能分开呢？"

鲁智深听宋江这么说，就不说话了。大家听了宋江的话，都继续喝酒，只是气氛有些尴尬。酒尽席散后，大小头领就各自回到自己的寨子了。

第二天早晨，弟兄们来看李逵，李逵还没醒来。众头领叫醒李逵说："昨天你喝醉了，不但骂了宋江哥哥，还当着大家的面踢翻了桌子，宋江哥哥今天可要按照军法砍你的头的。"

李逵说："我梦里都不敢骂他，怎会喝醉了酒骂他？我不信！他如果真的要杀我，就杀吧。"

众兄弟又劝慰了一番，忙带着李逵到大堂来见宋江并赔罪。

宋江还在生李逵的气，此时见了他就骂他说："我手下那么多人马，如果每个人都像你这样，那军法岂不是乱了？我是看在兄弟们的面子上，先饶过你这一次。你如果下次还这样，我定不饶你。"李逵连连点头，赔了罪然后和其他头领就一起告退出来。

时间过得很快，转眼就到了冬天。一天，山下的小喽啰抓到几个从莱州过来的人，他们拉着灯笼要去东京。

宋江说："不要绑他们，把他们请上山来。"

不一会儿，几个手下弟兄就把那些人带到了大堂上，只见是两个官差，八九个灯匠，还有五辆车子。为首的一个人说："我们是莱州府的，跟着我们的这几个是灯匠。我们每年都要去东京送灯笼。今年送到东京的是一座玉栅玲珑九华灯。"

宋江就先赏给他们些饭菜，等他们吃完饭，让他们把玉栅玲珑九华灯挂出来看看。灯匠按照宋江的命令把玉栅灯挂起，四边装上带子，上上下下总共有九九八十一盏灯笼。

宋江见这灯笼这么壮观，就对他们说："我本来要留下你们，但又怕你们留在山寨上吃苦。这样吧，你们把这九华灯留在这里，其他的东西你们都带走吧。这次辛苦你们上山一趟，给你们白银二十两，算作答谢。"然后就叫人把他们送下山去了。

宋江先叫人把这灯点在晁天王的灵堂里。第二天，宋江对头领们说："我从小在山东长大，只听说过东京城热闹繁华，但还没有到过东京城。我听说今年元宵节皇帝下令在城里各个地方点上灯，和百姓一起庆祝。我想带几个兄弟一起下山，去东京看灯，大家觉得怎么样？"

吴用不同意，就说："不行，哥哥去了，万一被人认出来，报告官府，被抓起来怎么办？"

宋江摆摆手，说："没关系，我白天在酒店里不出来，只趁晚上出来看看灯，不会有事的。"

鲁智深说："哥哥这个想法好，我自从离开东京，好几年都没回去过了，也想回去看看东京的热闹。"

------------------------------ | 词语沙龙 | ------------------------------

最能体现梁山今日盛况的词语：

◎众擎易举：许多人一齐用力，就容易把东西举起来。比喻大家同心协力，就会把事情做成功。

◎翻江倒海：形容波涛汹涌，水势浩大。也比喻威力或声势大。

第二十三章

元夜闹东京

宋江在大堂内安排了跟他一起去东京的人："我与柴进一路，史进与穆弘一路，鲁智深与武松一路，朱仝与刘唐一路。只要这四路人去，其他的人都留在山寨。"

李逵一听去东京的人里没有他，就不乐意了，说："哥哥，我也要去东京看灯！"

宋江知道李逵鲁莽，就没安排他一起去。但李逵执意要下山，宋江没有办法，就叫燕青和他一路，并让李逵假扮成燕青的随从。

为了确保顺利去东京看灯，宋江叫来神医安道全，将他脸上刺配的字也洗掉了。然后让史进和穆弘假扮成做生意的人先去了。鲁智深和武松还是以出家人的形象前往，李逵和燕青是最后一路，

知识加油站

元夜

又称上元节、元宵节、灯节。中国的传统节日，在每年农历的正月十五日。元宵之夜，大街小巷张灯结彩，人们携亲伴友出门赏月亮、放焰火、观花灯，载歌载舞，欢度元宵佳节。

宋江、柴进、朱全、刘唐等人则扮成客商的模样。宋江不放心，就让戴宗也跟着去了，有什么事好方便传递消息。

宋江等人一路走，到了正月十一日，总算到了东京城外。鲁智深和武松已经在城门外的寺庙里面住下来，和他俩见面后，宋江就放心了。宋江于是对柴进说："明天白天，我肯定不能进城，还是等到正月十四晚上，跟着进城的人一起混进去比较安全。"

柴进就说："那我明天和燕青先进城打听一下消息再说。"

宋江点头同意了。

第二天，柴进和燕青两个人进了城，看到街上果然人来人往，非常热闹。人们穿着五颜六色的衣服，在街上看着花灯，购买南北的特产和小吃。柴进见大街上时不时出现几个官差巡逻，他们头的两边都插上了一朵翠叶花，感觉非常奇怪，就对燕青说："等下你按照我的吩咐去做一件事。"

燕青按照柴进的吩咐，恰巧碰到一个老成的官差，就对他说："您是张大人吧？"

那个官差说："我姓王。"

燕青连忙说："对对对，王大人。我们家主人和您认识，是您的一位朋友，所以派我请你去楼上聚一聚。"

那个官差说："你的主人是什么人？"

燕青说："大人去了就知道了。"

燕青就带着那个官差到了柴进所在的酒楼的包间。一进包间，燕青对柴进使了个眼色，说："主人，您的老朋友王大人请来了。"

柴进立刻拉着那个官差的手，说："好多年了，没想到在东京能再次遇到你呀。"

姓王的官差看了半天，并不认识柴进，但又怕是自己忘记了，就说："你不要怪罪呀，我实在想不起你叫什么名字了，你能不能告诉我你的名字。"

柴进笑着说："我和你从小就认识了，你长大去当官了，把我这个小时候的朋友就给忘了吧。"

说着，叫人往桌子上摆上了好酒好菜，并和那个官差吃了起来。吃到一半，柴进问："兄弟，你头上为什么要戴一朵翠叶花呀？"

那姓王的官差说："兄弟你是不知道，为了庆祝元宵节，给我们京城里的二十四班的官差，七八百人，每个人发了一套衣服，翠叶金花一枝，还有金牌一个。金牌上刻着'与民同乐'四个字。我们得穿着衣服，戴着翠叶花，拿着金牌，才能自由进入城里和宫里。"

柴进笑着说："原来是这样呀，来，我们继续喝酒。"然后又和那人喝了几杯。

没过多久，那个人又问起柴进姓名。柴进说："你喝了这杯酒，我就告诉你。"说着把一杯酒推到那个官差的面前。官差为了知道柴进姓名，就一口把那杯酒喝完了。

没想到喝完那杯酒，那个官差就不省人事了。柴进和燕青见官差晕倒了，就脱了他的衣服，拿了他的花帽和金牌，离开酒店。柴进假扮成官差进了皇宫。因为穿着官差的衣服，戴着花，所以没有人阻挡他。他一路走到了皇宫中的一个偏殿，只见大殿的牌匾上写着"睿思殿"三个字，也就是皇帝的书房。只见睿思殿的一个窗子开了一个口，柴进就打开那扇窗子，翻进了大殿里。大殿里放着文房四宝和各种书籍，皇帝座位前是一个屏风，屏风的正面画着山水画，背面却只有几个字。柴进靠近仔细看时，只见那几个字是：

山东宋江、淮西王庆、河北田虎、江南方腊。

柴进看到这四个人的名字，就知道皇帝是将四个势力颇大的造反

144

头目写到自己书房的屏风上了。就拿出短刀，把"山东宋江"四个字割下来，出了大殿。

柴进回到酒楼，那个姓王的官差还没醒，柴进就脱下衣服给那个官差换上，然后把金牌和花帽也都给他摆弄好，然后结了酒钱就离开了。

柴进和燕青回到城外酒店里，对宋江叙说了他们的经历，并把割下来的"山东宋江"四个字给宋江看，宋江长长地叹了一口气。

正月十四的傍晚，宋江和柴进等人跟着人群混进了京城。进城找了家酒店安排妥当，宋江和柴进、戴宗便都装扮了一番，扮成了当官的，燕青扮成他们的下人，都出去了，只留李逵一个人在酒店里。宋江等人混在社火队伍里，跟着看热闹的人，转了一条又一条街，突然看到远远有一户人家，在门外挂了两面牌子，牌子上写着：歌舞神仙女，风流花月魁。

宋江看见了，便顺道拐进一家茶坊里，问店小二道："这是谁家？"

行人说："这个呀，就是李师师的家。"

宋江又问："是不是和当今皇帝打得火热的李师师？"

店小二听此忙对宋江示意，让他不要乱说话。

宋江说，自己很想和李师师见一面，却不知道该怎么办？

燕青说："这事包在我身上！"他独自来到李师师家门前，敲了敲门。门内的丫鬟见了燕青就问："请问官人找谁？"

燕青知道丫鬟做不了主，就对丫鬟说："麻烦请妈妈出来，我有话和她说。"

丫鬟转身进入门里，不一会儿出来一个老妈子。燕青见了老妈妈就拜。老妈妈很惊奇地问："你是哪位？为什么要拜我？"

燕青就说："您忘了，我是张乙的儿子张闲啊，很小的时候去了外面，今日才回来。"

这个世界上，姓王姓张的人太多了，那个老妈妈看了看燕青，好

▲ 元夜闹东京

像记起了什么，就说："啊，你不就是原来太平桥下的小张闲吗？"

燕青连连点头，说："我离开老家后跟了一位山东的财主，他非常有钱，今天我跟他来京城赏元宵。他说起李师师娘子的名字，说想见娘子一面，就派我来问问。妈妈放心，我那个主人是做大生意的，钱不是问题。"

老妈妈本来就是个贪图金钱的人，听燕青这么说，非常高兴，当即就叫了李师师出来。

李师师见了燕青，就问："你那位官人在哪里？"

燕青说："他在附近的一家茶坊，没有娘子的允许，他不敢随便过来。"

老妈妈收了钱，就说："把客官赶紧请过来。"

宋江、柴进、戴宗三人跟着燕青，径直来到那李师师家。几人正喝茶聊了没多久，就见丫鬟来报说官家来了。四人这才出了李师师家，离开了。

元宵节这晚，宋江和柴进等人跟着燕青又来见了李师师，留戴宗和李逵在门口等着。宋江进屋才和李师师聊了两三句，突然丫鬟赶来说："员外，你快去看看吧，你带的两个人在楼下叫骂呢！"

宋江就对燕青说："把他们两个叫上来。"

燕青就把戴宗和李逵带进房间，李逵看见宋江和李师师坐在一起喝酒，非常生气，碍于宋江的面子，只能强忍着不说。宋江又作了首词给李师师，准备向她叙说自己的事情。突然，有丫鬟急匆匆过来报告说："官家从密道过来了。"

李师师赶紧将宋江等人藏在隐秘的地方，稍微打扮了一下就准备迎接官家。

宋江和柴进等人商量："今天没想到能碰见官家，我们为什么不向他要一个招安的文书？这样我们的心愿不就成了吗？"

柴进说："我觉得不妥。今天即使得到招安的文书，怕以后他也会反悔。"

正在商量，突然有个人揭开门帘走了进来。李逵刚好一腔怒火没处发泄，就拿起房间里的凳子向那个人砸过去，两下就把那个人打倒在地，桌子上的蜡烛也被李逵打倒在地，整个房间瞬间烧了起来。宋江等人看见李逵又耍起性子来，只得赶紧拉着他逃了出来。李逵一路上打打闹闹，宋江和柴进本想拉着他出城门，但怕走得慢城门关了，就让燕青看着他，两个人先出城去了。

李师师家里一起火，城中乱了起来。高太尉闻报，马上带着人马赶来了。李逵和燕青正走着，碰见了穆弘和史进，四个人就一起杀到城门口。守城的士兵要关门，突然，鲁智深拿着禅杖、武松拿着戒刀杀到，朱仝、刘唐也及时赶到，宋江等人才及时出了城。谁知道，这个时候高太尉带着一千人马杀了过来。宋江等人正在心慌，突然城外一支队伍大喊起来："梁山好汉全伙在此。"

宋江看去，只见是五虎将关胜、林冲、秦明、呼延灼、董平带着兵马早就在城外埋伏好了。原来是军师吴用怕宋江一行人有麻烦，特地派这五员大将来接应。高太尉听见说是梁山好汉在此，不敢再向前，吓得以回城搬救兵为名退回去了。宋江等人这才顺利地出城回梁山去了。

───────────┤ 词语沙龙 ├───────────

最能体现以宋江为首的梁山好汉元夜东京之行的词语：

◎有惊无险：形容过程形势严峻，但是最终达到了预期的结果。

◎有备无患：事先有准备，就可以避免祸患。

第二十四章

大闹忠义堂

　　宋江等人带着人马从东京一路回来后，各地的官府纷纷上表朝廷，说宋江等人骚扰地方。有一天，皇帝召集众官员上朝的时候，又有官员提起了此事。皇帝说："宋江等人元宵节大闹东京后，我命令枢密院派兵去攻打梁山，怎么现在还没有消息？"

　　御史大夫崔靖说："我听说梁山泊上竖着一面大旗，上面写着'替天行道'四个字，可见他们也不是一般的土匪强盗。既然他们有这样的心，现在又有那辽国不断率领兵马攻打我们的边境，而那梁山的人都是一些受过惩罚的犯罪之人，如果给他们送去一份招安文书，再赏赐他们一些美酒，好言安抚，招安他们去攻打辽国，岂不同时解决了两个问题？"

　　皇帝听了御史大夫的话，点了点头，说："我也有这样的想法。"

　　皇帝就任命殿前太尉陈宗善为使者，带着招安的圣旨和皇帝御赐的美酒去梁山泊招安。陈太尉领了诏书，就回家收拾东西了。突然，太师府的人过来请陈太尉。陈太尉就跟着他去了太师府。蔡京蔡太师见了陈太尉，就对他说："我听说皇上派你去梁山招安，你去了梁山千万不要忘了国家的法度。我府上有个叫张干办的人，让他跟着你去，肯定能帮上忙。"

陈太尉谢了蔡太师就回去了。结果，刚回到家，家人说高俅高太尉来了。陈太尉又赶紧去迎接高太尉。高太尉见了陈太尉说："听说你要去梁山招安。如果我今天在朝堂上，我一定会阻止这件事。不过现在说什么都晚了，我府上有个李虞候，很会说话，让他跟着你去，肯定能帮得上忙。"陈太尉没办法，也只能答应了。

第二天，蔡太师府的张干办、高太尉府的李虞候，二人早早地就都到了。陈太尉便命人载着皇帝御赐的酒十坛，带着手下五六个人、张干办、李虞候等人出发了。

宋江也早就得知了陈太尉要来梁山招安的消息，非常高兴，对梁山好汉们说："我们如果真的被招安，就成了国家臣子，也没枉费我们吃了那么多的苦，经历了那么多的磨难。这样也算是修成正果了！"

吴用却说："我看这次招安未必能成功。朝廷现在把我们看成强盗，所以这次招安肯定是走走过场的。等他们带大军来攻打我们，我们奋力击败他们，他们知道了我们的厉害，那时招安也就好谈了。"

林冲、徐宁、关胜和鲁智深等人都同意吴用的看法，说："那诏书上面肯定写的不是什么好话，来的人肯定有高俅府上的人，他们不一定是真心想招安我们的。"

宋江说："大家先不要怀疑，等来了再看。"就安排人着手去准备宴席和迎接了。

萧让、裴宣、吕方、郭盛先在半路上接到了陈太尉等人。陈太尉还没说话，那个张干办就大声喝问："你们山寨的宋江架子好大呀，皇上诏书来了,为什么不亲自来接? 你们这一伙儿贼人都是该死的人,还想让朝廷招安?"

萧让、裴宣、吕方、郭盛等都解释说: "从来没有什么诏书送到我们山寨,所以我们也不知道这招安是真是假。宋江哥哥和大小头领都在梁山泊的金沙滩迎接,还请太尉不要生气。"

陈太尉还没有来得及说话,那个李虞候又说: "不成全你们好事,也不怕你们这伙贼飞到天上去。"

吕方、郭盛怒发冲天,刚想教训那个张干办和李虞候,就被萧让、裴宣拦下了。众人强忍着怒火,带着陈太尉他们到了水边。梁山泊早已经准备了三艘战船在那里,一艘载马匹,一艘载裴宣等人,一艘请陈太尉的队伍上去。载陈太尉一行人的那艘船正是活阎罗阮小七掌舵的。

船缓缓地开了,阮小七叫划船的二十多个人一起唱起了歌。李虞候听他们唱起歌来,便骂道: "你们这些村野蠢货,朝廷大员在船上,你们一点儿礼貌都没有! "船夫们不理他,继续边划船边唱歌。李虞候气得拿起藤条,就去打两边的船夫。有个为首的船夫问: "我们唱我们的歌,关你什么事? "

李虞候说: "你们这些挨千刀的反贼,居然还敢顶嘴! "便抡起藤条要继续打这些船夫,结果划船的船夫都跳到水里去了。阮小七在船头说: "我说你这个家伙,把我的人都打下水了,我还怎么开船? "说着,拔下了船底的塞子。

很快,河水开始涌进了船舱。等到水淹没了船的一半的时候,李虞候和张干办才发现,惊慌地大喊起来: "船进水了! 船进水了! "旁边两只船赶紧接了陈太尉等人过去,慌乱中居然忘了御酒和诏书。等到其他两艘船开走了,阮小七叫了一声,二十几个兄弟又上船来,把船里的水全部舀出去又安上了塞子。

看见船上的御酒，一个兄弟就拿起一瓶，打开递给阮小七。阮小七闻了闻，酒香扑鼻，就拿起来全部喝光了。阮小七就这样一连喝光了四坛御酒，还把剩下的六坛分给其他人喝了，然后在酒坛子里灌上了村醪水白酒，继续向岸边划去。

陈太尉上了岸，宋江等人接了他，跪下行礼。陈太尉要扶宋江起来，一旁的李虞候却说："太尉是朝廷大员，来招安你们，你们怎敢用漏船接待我们，还派几个蠢货划船，险些害了我们！"

宋江说："小的怎么敢如此慢待各位大人！"

张干办又说："太尉的衣服都湿了，你还敢耍赖！"

宋江身后的五虎将，又有鲁智深等人，见这个李虞候和张干办在宋江面前指手画脚，不停地辱骂宋江，非常生气，都想杀了这两个人。

宋江带着陈太尉等人进了忠义堂，叫人清点头领人数，只有一百零七人，发现唯独少了李逵。看人都基本到齐，陈太尉就取出诏书开始读起来：

"听说你们以宋江为首聚集了一伙犯了罪的人在梁山上，专门做偷、抢这样的坏事。朝廷本应派兵攻打你们，只是担心又会连累到我的子民，于是特派太尉陈宗善前来招安。诏书到达你等手中的时候，你们应该将手中的钱财、粮食、兵器、马匹、船只全部让出来给朝廷。

再拆毁你们的山寨，跟着陈太尉进京城，这样你们原来犯的罪可以免去。如果你们拒不服从，朝廷将派出大军，摧毁你们整个山寨，片瓦不留。"

诏书还没有读完，只见宋江下面的头领个个怒目圆睁，非常恼火。这时，李逵大吼一声，突然从房梁上跳了下来，一把抢过圣旨，撕得粉碎，拉住陈太尉就要打。众人急忙来劝，把他拉到了一边。李虞候怒火冲天，跳起来说："这个黑厮是什么人？怎么这么大胆！"

李逵听了，更加愤怒，一把挣脱别人，拉着李虞候抡拳就打，边打边骂："这是谁写的狗屁诏书？"

张干办吓得要死，说："这……这可是圣旨……"

李逵破口大骂："你们那个狗皇帝，不知道我们梁山有一百零八个好汉，个个都有了不得的本事吗？居然用这样的狗屁话来招安我们。你们的皇帝姓宋，我的哥哥也姓宋，他做得了皇帝，凭什么我哥哥做不得皇帝！"

其他头领都来劝他，又把他拉到一边去了。

宋江慌忙对陈太尉说："太尉放心，刚才是一个不懂事的小兄弟犯浑了，误不了招安大事。请太尉拿出御酒，叫兄弟们沾沾皇上的恩泽。"

陈太尉定了定神，心想还是大事要紧，于是吩咐随从拿来酒，将酒倒入碗中。梁山的头领们见是皇帝赐的御酒，每个人都端起一碗酒喝了起来。才刚刚喝了一口就赶紧吐了出来。鲁智深把碗一摔，拿起禅杖，大骂起来："你们这帮狗东西，也太欺负人了！这是什么狗屁御酒，竟来哄骗我们！"赤发鬼刘唐、行者武松、没遮拦穆弘、九纹龙史进等也都拿起来兵器要来杀陈太尉等人。宋江看大事不妙，急忙护住陈太尉，和卢俊义一起赶紧将陈太尉等人送下山去了。

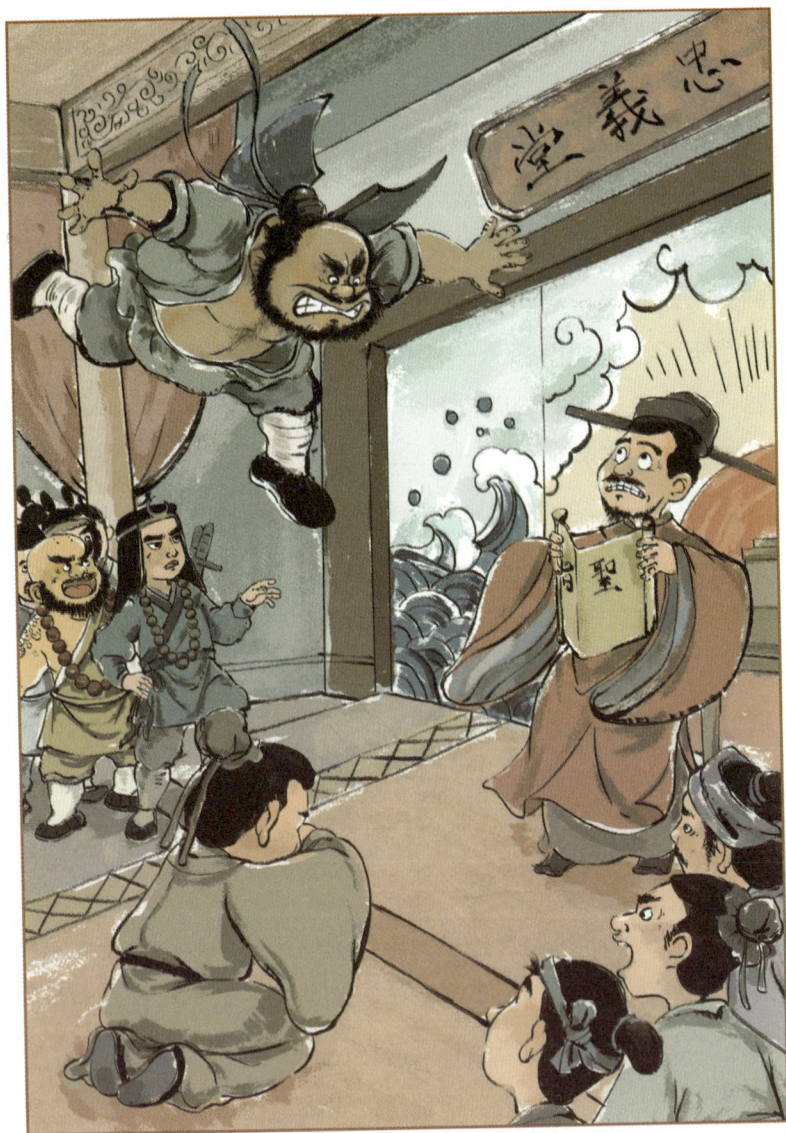

▲ 大闹忠义堂

见陈太尉下了山，宋江回到忠义堂上，对头领们说："今日虽说是朝廷招安不诚恳，但是你们也太急躁了些！"

吴用笑了笑说："哥哥，你别再想这件事了！以后肯定还有招安的机会的。这也不能怪兄弟们发怒，朝廷说的话太难听了！我猜朝廷这次回去肯定要派大队人马来攻打我们，我们还是早点儿做好准备。请哥哥传令：马军清点马匹，步军准备好武器，水军整顿船只，早晚防备有人来攻打我们。我们只有打败他们，往后再招安才不是难事。"大家都同意吴用的看法，就各自回寨准备去了。

陈太尉、张干办、李虞候等人果真一回到京城就回禀了在梁山的遭遇。蔡太师就叫来了枢密使童贯和高俅、杨戬二位太尉来商量怎么处理这件事。童贯说："这些靠偷抢为生的家伙，有什么好怕的。我愿意带领一支军马，去消灭整个梁山的贼寇。"蔡太师说："那明天官家问起来，我们就一起推选你领军去攻打梁山。"

━━━━━━━━━━━━ **词语沙龙** ━━━━━━━━━━━━

最能表现以蔡太师、高太尉为首的一类朝廷官员人格的词语：

◎狼狈为奸：比喻互相勾结做坏事。

◎同恶相济：坏人互相勾结，狼狈为奸。

155

第二十五章

全伙受招安

很快，枢密使童贯被皇帝封为统军大元帅，带领人马兵分八路向梁山发起攻击。但是，对战两次都被梁山好汉打败。八路人马被杀得最后只剩了一路，童贯只得带着剩下的人马逃回东京去了。高太尉带着童贯又一起去找蔡太师。蔡太师听童贯说打了败仗的事情，就对他说："打了这么大的败仗，千万不要让官家知道。明天官家要问起来，你就说天气太热，很多士兵中暑，没办法才回来的。"

高太尉说："那梁山还是要有人去剿灭。如果太师在皇上面前推荐我，我愿意带兵前去杀光梁山贼寇。"

当天上朝，童贯对皇帝谎称士兵中暑只得无功而返后，蔡太师果然推荐高太尉领兵再去攻打梁山。高太尉领了圣旨，调集了天下十个地方的节度使，带领十路人马去攻打梁山了。但是，这次

知识加油站

节度使

节度使是唐代开始设置的掌管一个地方军队的军政长官。

156

不但被梁山好汉打败，高太尉自己也被活捉了。宋江活捉高太尉后并没有杀他，而是好好招待了他。高太尉见宋江不杀他，就求宋江放他回去，说："如果义士肯放我回去，我一定会在皇上面前称扬你们的忠义，然后劝皇帝再下招安的诏书！"宋江听了，非常高兴，设宴款待了两日，还让萧让、乐和一起和他回京城，第四天就放高太尉下山了。高太尉为了显示自己的诚意，就留下自己手下的一名大将闻焕章在梁山。

高太尉走后，宋江还是不放心，就召集头领们商量下一步对策。宋江说："我看高俅这个人，好像没有诚信。"

吴用说："这个人肯定不可信，我猜他回到京城不但不会和皇上说招安的事情，还会把萧让、乐和关在自己府上。"

宋江问："如果真的是这样怎么办？"

吴用说："可以再派两个人去打探消息再说。"

燕青突然站起来说："去年正月我们大闹东京城，去过李师师的家里。她不是和官家打得火热吗？我可以多带一些钱财去让她帮忙说情，或许招安的事情就成了。"

神机军师朱武说："以前我们攻打华州时，和朝廷的宿太尉见过。我看那个宿太尉是个好心的人。如果能让他在皇上面前再说招安的事情，或许就更顺利了。"宋江听了非常高兴，就派燕青等人下山去东京，疏通招安的事情。

燕青等人果然办成了招安的事情，皇上派出宿元景宿太尉来梁山招安。这次，皇帝不但亲自写了圣旨，还准备了三十六块金牌，七十二块银牌，红锦三十六份，绿锦七十二份，御酒一百零八坛来奖赏梁山的好汉们。宿太尉领了圣旨第二天就出发了。燕青等人也急忙赶回来汇报了，宋江非常高兴，让吴用、朱武等人早做准备迎接宿太尉。

　　吴用、朱武等人接到宿太尉，一起上了船，顺利地到达了山寨。忠义堂中，宿太尉坐在正中，左边立着萧让、乐和，右边立着裴宣、燕青。宋江、卢俊义等都跪在堂前。裴宣让大家拜完圣旨，萧让就开始读昭文：

　　"朕听说宋江、卢俊义等人，向来是讲忠义的人，不滥施暴虐，而且一直想归顺朝廷，为国家出力。朕今天特地派殿前太尉宿元景，拿着我的诏书来到梁山水泊，宣布宋江等大小人员所犯的罪，全部赦免。另有金牌三十六面，红锦三十六份，赐给宋江等头领；银牌七十二面，绿锦七十二份，赐与宋江部下的七十二名头目。你们如果听到诏书，还希望你们早点儿归顺朝廷，必当受重用。"

　　萧让念完诏书，宋江等人下跪山呼"万岁"，接了圣旨。鲁智深听到皇上这样说，心里也不再想反对招安，要散伙的事情了。宿太尉叫人取来了红绿布绸缎和金牌银牌发给梁山的大小头领。然后，宿太

尉又叫人抬上来御酒，将一百零八坛御酒全部倒在一个很大的银酒器里，自己先舀了一杯说："我这次奉皇帝陛下的命令，带了御酒给大伙儿，我听说上次的御酒变成了村醪，这次为了消除大家的疑虑，我先喝了这一杯。"宿太尉喝完酒，宋江、卢俊义、吴用、公孙胜、鲁智深和武松等一百零八名头领都喝了一杯酒。宋江又将宿太尉等人带入宴席，招待他们。

宿太尉在梁山住了几天，要回京城。宋江挽留，宿太尉说："义士你是不知道，我是奉了天子的圣旨来招安的，来到咱们山寨已经好几天了。既然大家愿意招安，

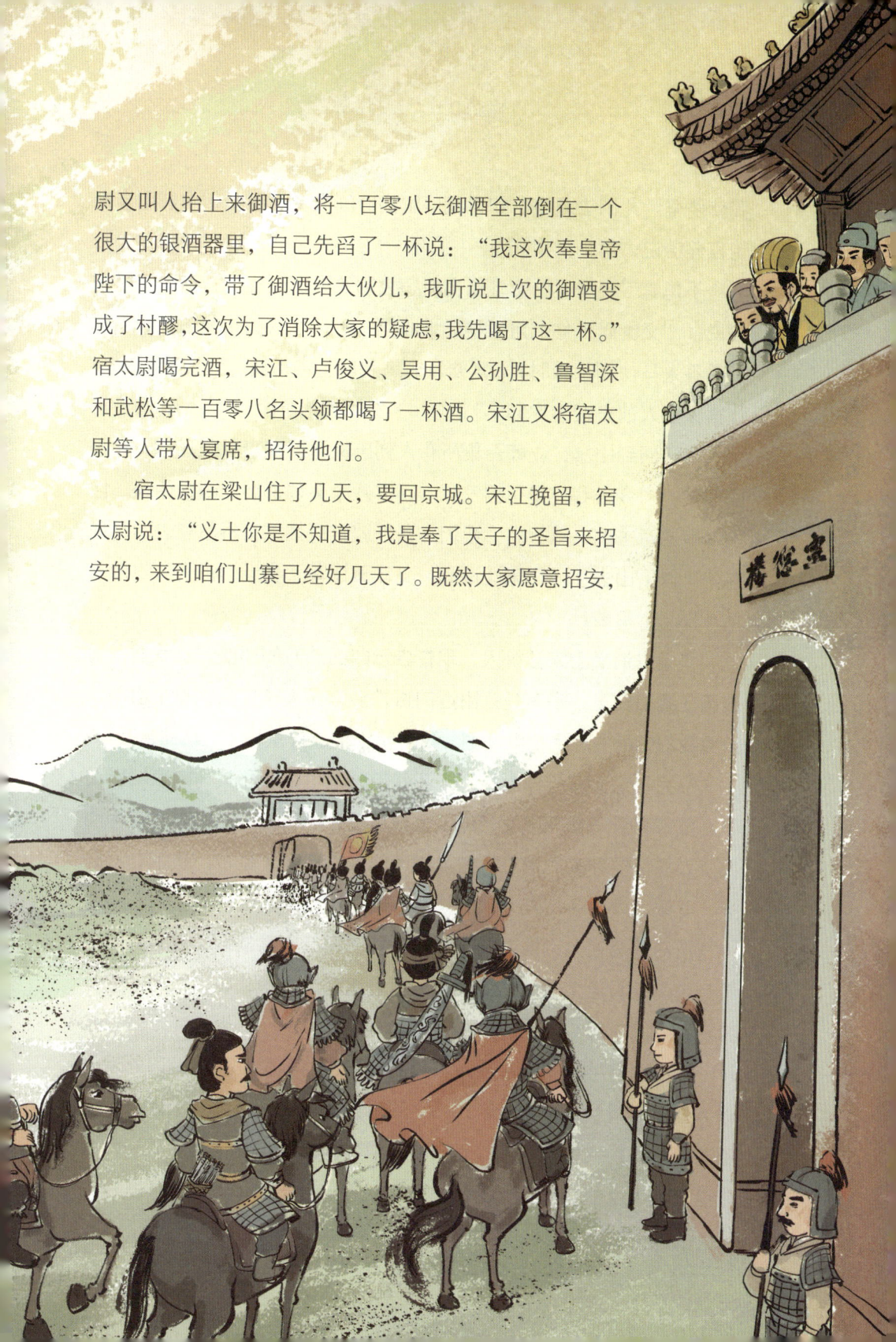

我就要早点儿回去复命。如果我停留的时间太久，恐怕朝中奸臣会有闲言碎语说，再生异事。"

于是第二天一早，宋江亲自将宿太尉等人送到山下，宿太尉对宋江说："义士呀，你们可要早早地收拾一下，尽快到京城来。如果你们带着人马快到京城时，一定要派人来我府上告诉我。我会启奏官家，让官家派人前去迎接你们。"

宋江回到山寨，立即召集所有人到忠义堂前议事。宋江对一众喽啰们说："今天我们受了招安，一百零八个头领都要立刻去朝廷。你们中有愿意去的，就报名，我们准备好就走；如果有不愿意去的，现在就可以下山去了。"宋江说完，又让萧让写了告示，派人到附近去贴，告示上写着：

"梁山泊义士宋江等人，现在告示四面八方的朋友们：我们以前聚集在梁山泊上，多有搅扰附近的百姓。近日天子仁慈，写了诏书，赦免我们的罪行，还招安我们，我们就要全部去京城了。特此告知。"

贴完告示，安排停当后，宋江就带领大小头领和兵马向京城出发了。戴宗和燕青早些出发，到了京城直接去了宿太尉的府中，告诉他大队人马快要到来的消息。宿太尉随即入宫启奏了皇帝，皇帝非常高兴，就派宿太尉手持天子的旗帜和节钺，出城去迎接他们。宋江一队人马浩浩荡荡往东京城方向走来，各位头领都穿着战袍，只有吴用戴着头巾、穿着道士服装，公孙胜也穿着鹤氅道士服，鲁智深和武松穿着出家人的衣服。

宿太尉迎接了宋江等人及带领的兵马，将他们安置在城门外后，便回宫去汇报给皇帝。皇帝说："朕听说宋江等一百零八个人，个个都有绝技，现在他们已经接受招安，那朕也应该见见他们。明天，朕带着文武大臣们登上宣德楼，你让宋江等一百零八个人进城，朕在文德殿见他们。"

　　第二天，宋江等人奉旨进入城内，皇帝带着百官站在宣德楼上，看了梁山泊一百零八名好汉，心中非常高兴，对百官说："这些好汉是真英雄呀！"吩咐大臣为宋江等人准备好丰盛的酒菜，还想给他们封官做。这个时候，枢密院的一位官员说："宋江等人，是刚刚接受招安的人，他们还没有为朝廷建立功劳，还是先不要封官。而且他们好几万人驻扎在城外，也非常不合适，万一杀进城里，京城不就遭殃了吗？梁山的这些人中，不乏一些原来在各地做官的人，可以让他们先回原来的地方，其余的人，分散到各地去，这样才比较合适。"

　　第二天，皇帝派人去城外对宋江等人宣读了这道圣旨。梁山的头领们听说要把他们分散到全国各地，非常生气。鲁智深说："我们刚刚投降朝廷，没有任何封赏不说，还要把我们兄弟们分开！我们可是一起发过誓的，到死都不分开。如果皇帝要我们分开，我看我们还是回梁山去吧。"

　　宣旨大臣回去将这个情况汇报给了皇帝。皇帝召集大臣商量对策，枢密使童贯说："梁山这伙人，虽然投降了，但我看他们不一定是真心的。不如将那一百零八个人骗到城内全部杀了，再把他们的兵马分散到全国去，这样我们就没有后患了。"

｜ 词语沙龙 ｜

结合童贯的进言，最能体现其人格的词语：

◎跳梁小丑：指捣乱却难以得逞的小人。

◎君侧之恶：指君子身边的佞臣。

第二十六章

再上五台山

　　童贯建议皇上杀掉梁山一百零八名好汉，皇帝正在犹豫，这时宿太尉站出来说："宋江这些人才刚刚接受招安，就要杀他们，不是让天下人指责朝廷没有信誉吗？他们一百零八个人，就像亲兄弟一样，发誓生死都要在一起，强行把他们分开本来就不符合常理。那一百零八个人，连皇上都说是真英雄，如果他们在城里闹起来，后果不堪设想啊！难道童大人忘了他们只凭几个人就能在元宵节大闹东京城了吗？而且现在正是朝廷用人的时候，就说那辽国人吧，带领十万兵马，已经侵占了我们很多地方。边境地区的守将不停地催我们出兵去支援他们。为什么不派宋江等人去攻打辽国？这样不但可以让他们尽忠，也可以解决我们的边患。"

　　皇上听了宿太尉的话，非常高兴，就骂童贯说："你这小人，险些误我！"就亲自写了诏书，封宋江为破辽都先锋，卢俊义为副先锋，其余的头领，等打赢辽国回来再封赏。再派宿元景去城外宣读圣旨诏书。

第二天，宿元景去城外宣读了圣旨，宋江等人非常高兴，鲁智深听说不拆散他们兄弟了，也不再多说什么。大家收拾好东西，就去边境攻打辽国了。

宋江等人出兵后，经过全力奋战，不仅攻下了檀州、蓟州、霸州、幽州，并且还直逼燕京，将燕京城团团围住，连辽国的天寿公主也被活捉了。宋江大胜辽国后，率领着大军准备返程。鲁智深突然过来说："哥哥，小弟原来是因为打死了'镇关西'，才逃到代州雁门县。那个时候有个赵员外助我上了五台山，让我投到智真长老门下当了和尚。没想到我两次醉后闹事，师父就派我去了东京的大相国寺，投他的师弟智清禅师。智清禅师派我看守菜园，其间为了救林冲，得罪了高太尉，才不得不去二龙山落草。后来又上了咱们梁山，追随哥哥您。现在想来，我离开智真师父已经很多年了。我时常还会想起他，当年五台山的很多和尚都劝他不要收留我，他却说我虽然以前杀人放火，以后肯定修成正果。所以，我想趁着我们刚刚打了胜仗的机会，去五台山看看智真师父，顺便也将我平时积攒下来的一些钱财送给寺里做布施。哥哥你们先走，我办完事就回来！"

宋江说："我知道你有一个活佛罗汉师父在五台山，我也一直想去拜访他。既然你今天这么说，我就和你一起去拜访一下这位智真师父吧。"

于是，宋江召集头领们，商量去五台山的事情。结果，大家都想去。宋江

163

和吴用商量后，就留下金大坚、皇甫端、萧让、乐和四个人，跟着副先锋卢俊义先走，其他人除了公孙胜是道士，不去五台山外，一千来人都跟着宋江和鲁智深去了五台山。

宋江和鲁智深等人来到了五台山下，先让人上山通报。然后宋江和鲁智深等人脱了战袍，换上了百姓的服装，步行着上了山。等宋江和鲁智深等人走到寺庙外面的时候，听见寺院里钟声响了起来，文殊院里的和尚都到寺院门口迎接了。那些和尚大多认识鲁智深，见鲁智深和宋江等人一起上山，感觉非常意外。

鲁智深问："怎么没见智真师父？"

首座回答说："长老正在坐禅，不能出来迎接智深，还请将军们理解。"然后，就带着宋江和鲁智深等人进了寺院。在大厅里坐了一会儿，智真长老的侍者过来说："长老已经坐禅完毕，回自己房间了，让我请将军们过去。"

宋江和鲁智深等人就跟着侍者到了长老的房间。宋江见了长老，带着兄弟们对智真长老拜了拜。然后鲁智深又单独拜了三拜。智真长老看见鲁智深，笑呵呵地问："智深我徒，你离开五台山这么多年了，杀人放火可是不容易呀！"

鲁智深听长老这么说，惭愧得不知道说什么，只能默默无语。

宋江看鲁智深不说话，就说："我早就听智深兄弟说过长老的德行，一直没有机会拜见。如今我们奉昭刚打败了辽国，准备返回东京去，路经五台山，特来拜访您。我这个智深兄弟虽然性子耿直暴烈，但是他非常忠心、正义、善良，是他带我们来拜访您的呢。"

智真长老回答说："常常有各地僧人来文殊院云游，他们常常跟我说起天下的事。我听说将军带领着一帮好汉替天行道，有忠义的心，智深跟着你，我也放心了。"

鲁智深见长老并不是责备他，就拿出这些年积攒的一些金银钱财，献给长老。长老说："智深，你这些东西是哪来的？如果不是正当而来，我坚决不收。"

智深说："长老，这是弟子受招安后朝廷赏给我的金银钱财和锦缎丝绸，弟子留着没用，就想留给寺里。"

长老这才收下，对智深说："我先替你把这些东西收起来。我只愿你以后早日修成正果。"宋江等人也带来了金银和布匹，要献给长老，长老坚决不收。

宋江又劝说道："长老可以送给寺里的僧人。"智真长老才勉强收了。

当日，他们便在五台山寺中歇宿一晚。智真长老请宋江等人吃了斋饭，又安排宋江等人休息。

第二天，宋江又来找智真长老，说："其实这次来，我还有一个问题想求教智真师父：浮生光阴有限，苦海无边，人生微不足道，生死最大。"

智真长老看了看宋江，说："我送你几句话吧：六根束缚多年，四大牵缠已久。堪嗟石火光中，翻了几个筋斗。咦！阎浮世界诸众生，泥沙堆里频哮吼。"

宋江不理解这几句话的意思，到了晚间闲话时，才又问："我本来想和智深兄弟在寺院里好好跟长老修行几日，请长老指点指点。但如今带领着大军，不敢长时间停留。您说与我的偈语，我实在不理解是什么意思。我们兄弟马上要出发去京城了，请长老指点一下我们的前程。"

智真长老这次没再说话，而是写下几个字交给宋江，宋江看时，只见那几个字是：

▲ 再上五台山

当风雁影翩，东阙不团圆。

只眼功劳足，双林福寿全。

宋江看完，智真长老就说："这就是将军一生的前程，你自己慢慢领悟吧。"

宋江看了，不明白其中的意思，于是想让长老开解一番。智真长老说："这是禅机隐语，须你自己参悟，不可明说。"长老说完，把鲁智深叫到跟前说："智深，这次我们分别，以后估计就没有机会见面了，我也送你四句话，你回去好好领悟，会让你终身受用：

逢夏而擒，遇腊而执。

听潮而圆，见信而寂。

鲁智深自然不理解这四句话的意思，于是收好放在身上，拜谢了师父，跟着宋江等人下了山。

宋江下山，把智真长老的禅语给卢俊义、公孙胜等人都看了，大家都不理解这禅语的意思。众人都嗟叹不已。

宋江于是继续带着人马往东京城走去。

到了东京，皇帝得知宋江等人打了胜仗，非常高兴，便命令皇门侍郎宣宋江等人穿着战袍进入皇宫，还赏赐了他们很多东西。

| 词语沙龙 |

最能体现鲁智深对智真长老情感的词语：

◎念念不忘：牢记在心，时刻不忘。

◎饮水思源：喝水的时候想到水的来源，比喻人在幸福的时候不忘幸福的来源。

第二十七章

大战邓元觉

宋江等人击败了辽国，本应都有封赏，但蔡京、高俅、童贯等人故意暗中阻拦，最后只有宋江被封了个皇城使，其他人都没能封官受赏，所以大家心中非常气愤。他们找到宋江，正要说进东京城去杀了那些奸臣，再回梁山去。这时，燕青来报告说："我听人说江南的方腊造反了，不但占据了江南八州二十五县，而且自己当了皇帝。他们马上要攻打扬州了，朝廷已经派了刘都督去扬州，准备进攻方腊。"

吴用和宋江听了，就对众人说："现在方腊造反是个好机会，我们这么多人长时间闲居在京城外面也确实不合适，我看还是去找宿太尉，让他推荐我们去攻打方腊。如果得胜回来，朝廷肯定会赏赐我们。"

后来，宿太尉果真在皇帝面前再次推举宋江为先锋去攻打方腊。皇帝当即同意了，就封宋江为平南都总管，征讨方腊正先锋，封卢俊义为兵马副总管、平南副先锋。并各赐了宋江和卢俊义一条金带、一套锦袍、一副盔甲、一匹战马等，其他的兄弟们也各有赏赐。

那方腊原来是山中一个砍柴的樵夫，有一次砍完柴在溪边洗手，看见水中自己的影子戴着皇冠，穿着龙袍，就四处给人说自己是注定当皇帝的人。加上朝廷当时在江南索取花石纲，给百姓带来了深重的灾难，人们无不痛恨朝廷，方腊就趁机煽动人们一起造反了。方腊起义后，有很多人追随他，一下子就占领了八州二十五县。

宋江带领梁山的兄弟们分成五路人马向扬州出发，很快到了淮安县并驻扎在那里。当地的官员听说宋江大军来了，就来迎接宋江，对他说："前面就是扬子江，这是江南比较重要的地方。在扬子江的那边，就是润州。现在是方腊手下的枢密使吕师囊和十二个统制官把守。"

宋江和吴用商议完后，决定先派四个人去打探消息：一个是小旋风柴进，一个是浪里白条张顺，一个是拼命三郎石秀，还有一个是活阎罗阮小七。张顺打探到扬州城外定浦村的陈将士想过江给润州吕枢密送粮。宋江就让穆弘、李俊分别假扮成陈将士的两个儿子陈益、陈泰去润州城献粮食，里应外合攻下了润州。但梁山好汉中有三个人却不幸战死了，一个是云里金刚宋万，一个是没面目焦挺，一个是九尾龟陶宗旺。

而那吕枢密丢了润州城，带着剩下的六个统制官，退到丹徒县，派人去苏州找三大王方貌求救。苏州三大王派了元帅邢政领着军马攻打润州城。宋江也派人准备攻打丹徒县，在路上正好碰见邢政的兵马，就打在一起。结果大刀关胜一刀杀死邢政，梁山兵马又占据了丹徒县。

在丹徒县，宋江和卢俊义决定兵分两路分别攻打常州、苏州和宣州、湖州。

水军拼命三郎石秀、混江龙李俊、船火儿张横、浪里白条张顺、立地太岁阮小二、短命二郎阮小五等十一人去攻打江阴、太仓。

吕师囊接连丢失了润州和丹徒县，又逃到了常州毗陵郡。关胜率领秦明、徐宁、黄信、孙立、郝思文、宣赞、韩滔、彭玘、马麟、燕顺去攻打常州，关胜斩杀了常州的守将钱振鹏，韩滔、彭玘却被钱振鹏手下两个将领金节、许定杀害了。后来，常州将领金节想投降宋朝，就和宋江里应外合拿下了常州。宋江让戴宗打探卢俊义进军的消息，戴宗和柴进回来汇报说卢俊义已经攻下了宣州，但是郑天寿、曹正、王定六三个兄弟战死了。

丢了常州后吕师囊又逃到无锡县，无锡县很快也被宋江带兵攻下，吕师囊又逃到苏州去了。宋江带人杀到苏州，先杀了吕师囊，又打败了镇守苏州的三大王方貌。方貌逃回苏州城后，紧闭城门，再不出来交战。由于苏州城四面都是水，宋江也没办法强行攻打，这个时候李俊带领的水军回来了。经过打探后，李俊假扮成给方貌送盔甲的方腊大太子南安王方天定手下军官，才带着人马顺利进入了苏州城，然后里应外合攻下了苏州。方貌战败想逃出苏州，刚跑到南门遇见李逵，逃到小巷子又遇到鲁智深，最后又逃走，被武松追上杀了。

宋江拿下苏州又向秀州进军，秀州的守将段恺得知方貌死了就投降了。宋江问段恺杭州的驻军情况，段恺回答说："杭州由方腊大太子南安王方天定守把，部下有七万多军马，二十四员战将，四个元帅。为首两个元帅最厉害，一个叫宝光如来邓元觉，擅长使一条禅杖，人们称他为国师；另外一个叫石宝，擅长使用流星锤，几乎百发百中。"

宋江听了，非常惊奇："方腊阵中也有和我鲁智深兄弟一样的

▲ 大战邓元觉

171

人？"就派鲁智深作为先锋，先去打杭州的东门。鲁智深来到东门，提起他的禅杖，在城下大骂起来："反贼，还不出来和我杀个痛快！"

城门上的士兵看见是个和尚在骂战，就汇报给了太子。国师邓元觉听说是个和尚，就对太子说："我听说梁山泊也有个和尚，叫鲁智深，也擅长用禅杖，请殿下去东门城上看着，我去迎战他。"

方天定听邓元觉这么说，非常高兴，就上城楼观战。不一会儿，东门的城门打开了，城里的吊桥放了下来，国师邓元觉带了五百名步军，出了城门。鲁智深看见邓元觉，就说："原来方腊阵中也有这样的和尚，先吃我一百禅杖！"抡起禅杖就向邓元觉打去。邓元觉也抡起禅杖和鲁智深打起来，两人打了五十多个回合，不分胜负。方天定在楼上看见了，对石宝说："听说梁山泊有个花和尚鲁智深，没想到居然这么厉害，真是名不虚传！两个人斗了这么长时间，他没有让宝光和尚占到半点便宜。"石宝也回答说："我还没遇到过这样的对手。"

正说着，只见士兵来报告："北门有人攻打城门。"石宝慌忙去救北门。武松见鲁智深大战邓元觉数回合不分胜负，拿起戒刀，也来战邓元觉。邓元觉见他们两个打一个，就拖着禅杖逃回城里去了。

最终，宋江和卢俊义合兵，终于艰难地攻下了杭州城。

词语沙龙

宋江带领梁山众好汉击退了辽国的侵犯，可并未得到应有的封赏。最能体现朝廷这一行为的词语：

◎出尔反尔：指说了又反悔或说了不照着做，表示言行前后自相矛盾，反复无常。

◎自食其言：不守信用，说了话不算数。

第二十八章

松林擒方腊

攻下杭州后，宋江又和卢俊义分别去攻打睦州和歙州。出发前，宋江对卢俊义说："方腊的巢穴就在青溪县帮源洞。贤弟你攻下了歙州后，咱们一起攻青溪贼洞。"

于是，宋江带领着大队人马，离开杭州，往富阳县进发了。宋江杀过富阳山岭后，连夜进兵，过了白蜂岭，就到了乌龙岭下。这个时候，国师邓元觉引着将领们把守关隘。宋江多次进攻，都没有拿下乌龙岭，反而战死了解珍、解宝兄弟等人。

乌龙岭上的石宝、邓元觉被梁山将领的多次进攻也打怕了，两个人商议说："现在梁山的兵马在桐庐县驻扎，如果他们走了小路翻过乌龙岭，睦州就很危险了。不如国师亲自前往青溪的宫殿，面见天子，请求他派兵来协助我们。"邓元觉就去青溪县帮源洞找方腊搬救兵

173

了，但最后却只搬来了五千兵马和一个将领夏侯成。

宋江等人多方打听，终于从当地山民口中得知了可以翻越乌龙岭的小路，就带上花荣、秦明、鲁智深、武松、戴宗、李逵、樊瑞、王英、扈三娘、项充、李衮、凌振和一万人马通过小路越过乌龙岭到达了睦州城下。

石宝得知梁山将领正在攻打睦州，非常惊慌，就对邓元觉说："我们还是要坚守关隘，不要去救睦州了，要不然我们乌龙岭也会被梁山人马踏平的。"

邓元觉不同意，说："但是如果现在我们不调兵救应睦州，睦州一旦被梁山占领，我们很快也会被攻下的。"说完，他就和夏侯成率领五千人马去救睦州了。

果然，宋江早就在乌龙岭等着邓元觉了。等邓元觉出了寨子，秦明先假装战败，引诱邓元觉追赶，然后花荣一箭射死了邓元觉。见邓元觉被杀，夏侯成也逃回睦州了。

方腊听说邓元觉被杀，非常惊慌，连忙派了一万五千兵马由包天师包道乙和郑彪、夏侯成带领去救睦州。

那个包道乙是金华人，幼年出家成为一名道士，在道观学习法术。后来跟了方腊造反，经常使用法术害人。包道乙有一把宝剑，叫作玄天混元剑，能飞到百步以外杀人，所以被方腊封为灵应天师。那郑彪原来是婺州兰溪县的一个都头，从小会使用枪棒，也酷爱道家的法术，曾经拜包道乙为师，学得他许多法术，因此，人呼为郑魔君。夏侯成原来是猎户，所以习惯使用钢叉。

宋江听说包道乙和郑彪、夏侯成去救睦州了，就派王英、一丈青迎战，没想到都被郑彪杀了，所带兵马也损失大半。

宋江听说王英、一丈青被杀，非常愤怒，就带着李逵、项充、李衮，还有五千人马，前去迎敌。但郑彪使用法术，宋江等人一出阵，突然从四面刮来了一阵黑云，把他们围在中间出不去。这个时候突然出现了一位白衣秀才，把宋江一推，就推出了黑云。宋江等人走出黑云才发现进入了一片松树林。宋江带兵从松树林杀出去时，看见鲁智深拿着禅杖、武松拿着自己的两口戒刀，正和郑彪打在一起。包道乙抽出自己的那口玄天混元剑来，从空中飞下，一剑正砍中了武松的左臂，武松顿时晕倒在地。鲁智深见状，忙把自己的禅杖扔过去打包道乙，包道乙躲过后逃跑了。鲁智深见包道乙跑了，就赶紧去救武松，却见武松的一只手臂已经被砍断了。宋江看武松伤得很重，就令收兵返回大营去。鲁智深非常气愤，没有返回大营，继续追赶敌人，刚好遇到夏侯成，举起禅杖就战夏侯成，没几个回合夏侯成就败下来逃到山里去了。鲁智深追着夏侯成，也追到深山里去了。

宋江返回营寨后将自己见到一个白衣秀才的事情告诉了吴用。吴用说："这是有神人帮助我们，我们可以在附近寻找庙宇，看是哪个神保佑我们。"于是宋江和吴用就步入山中寻找庙宇。走着走着，在一片松树林中看见一座庙，庙的牌匾上写了"乌龙神庙"四个字。宋江、吴用进入庙里上殿看，吃了一惊，那寺庙里神仙的雕像和宋江遇见的秀才一模一样。

宋江就跪下拜了拜说："多谢神仙相救，希望神仙能保佑我平了方腊的叛乱。事成之后，我上奏朝廷，一定给您重新修建庙宇，加封圣号。"

宋江、吴用拜完走下台阶，看石碑上说此神为龙神，这里的人祈风得风，祈雨得雨，所以建了这个庙宇。宋江也命人赶快祭祀一番。宋江祭奠完龙神后，回到寨中，与吴用商量打败敌军的办法。直到半夜，宋江觉得有些困倦了，伏在案几上睡着了。正在这时，只听有人报告说有人来访，宋江忙起身迎接，原来是龙神来感谢宋江的祭奠之礼，并告诉宋江睦州来日可破。宋江正要邀请龙神进入帐中时，一阵风吹来，宋江醒来，原来又是一场梦。宋江急忙请来吴用，把梦中的事和他说了一遍。于是，宋江和吴用两人商议后决定立刻再次攻打睦州。

这次宋江调集所有人马攻打睦州城，城楼上的包道乙见关胜正在和郑彪交战，就作起法术。两三个回合后，关胜一刀砍死了郑彪。见关胜杀死了郑彪，包道乙心慌想逃，结果被凌振放起的一个轰天炮击中，包道乙的头和身子，顿时被炸得粉碎。守睦州的将领和士兵见主将死了，都纷纷逃了。梁山将领们乘势杀入了睦州。拿下了睦州后，梁山人马很快也就攻下了帮源洞。

等到宋江带兵攻打下方腊的根据地帮源洞时，梁山好汉已经死伤过半了。宋江统计了一下目前的将领，除了在杭州养伤的张横、穆弘等八人，只剩三十六个人了：

呼保义宋江、玉麒麟卢俊义、智多星吴用、大刀关胜、豹子头林冲、双鞭呼延灼、小李广花荣、小旋风柴进、扑天雕李应、美髯公朱仝、花和尚鲁智深、行者武松、神行太保戴宗、黑旋风李逵、病关索杨雄、混江龙李俊、活阎罗阮小七、浪子燕青、神机军师朱武、镇三山黄信、病尉迟孙立、混世魔王樊瑞、轰天雷凌振、铁面孔目裴宣、神算子蒋敬、鬼脸儿杜兴、铁扇子宋清、独角龙邹润、一枝花蔡庆、锦豹子杨林、小遮拦穆春、出洞蛟童威、翻江蜃童猛、鼓上蚤时迁、小尉迟孙新、母大虫顾大嫂。

宋江让人在帮源洞中搜查方腊的下落，但是没有找到。宋江就派人扩大范围搜索，还动员附近的居民，让他们协助一起捉拿方腊。

　　方腊自从战败后就从帮源洞逃走了，他脱了龙袍，扔了皇冠，甚至把鞋子都换成了草鞋。方腊跑啊跑，连夜爬过了五座山，逃进了一片松树林。他一路只顾着逃命了，此时非常饥饿，看见松树林附近有一座草庵，就想去要点饭吃。正在这时，松树林里突然出现了一个胖大和尚，和尚举起禅杖，把方腊打翻在地。这和尚不是别人，正是花和尚鲁智深。鲁智深绑了方腊，去草庵吃了些饭，正要带他回帮源洞，刚好碰见了来搜查方腊的士兵，鲁智深就跟着士兵一起去见了宋江。

　　宋江见鲁智深活捉了方腊，非常高兴，就问："智深兄弟，我们找了好久都没找到方腊，你是如何捉住方腊的呢？"

　　鲁智深回答说："我追着夏侯成一直跑，先追上他把他杀了。但自己却在深山里迷了路。看见前面有个老和尚，他带我进了一个茅草搭的房子前，对我说，这个房子柴米油盐都有，让我在房子里面等，等从松林里出来一个高个子的大汉，就让我捉住他。今天早上，我刚起来，就看到这个家伙鬼鬼祟祟走来了。被我一禅杖打倒了绑了起来，没想到这个家伙是方腊。"

　　宋江又问鲁智深："那个老和尚去了哪里？"

　　鲁智深回答说："他把我带到那个房子里，就不见了，我再去找他，却怎么也找不到了。"

　　宋江感叹地说："看来是有神人在暗中帮助我们。你现在活捉了方腊，功劳最大，回到京城后，我一定上报给朝廷。到时候你可以还俗，在京城里谋个官做，然后娶妻生子，也就报答了父母的养育恩情。"

　　鲁智深摇摇头，说："我早就想好了，我再也不想做什么鸟官了，找一个清净的地方安身立命就行了。"

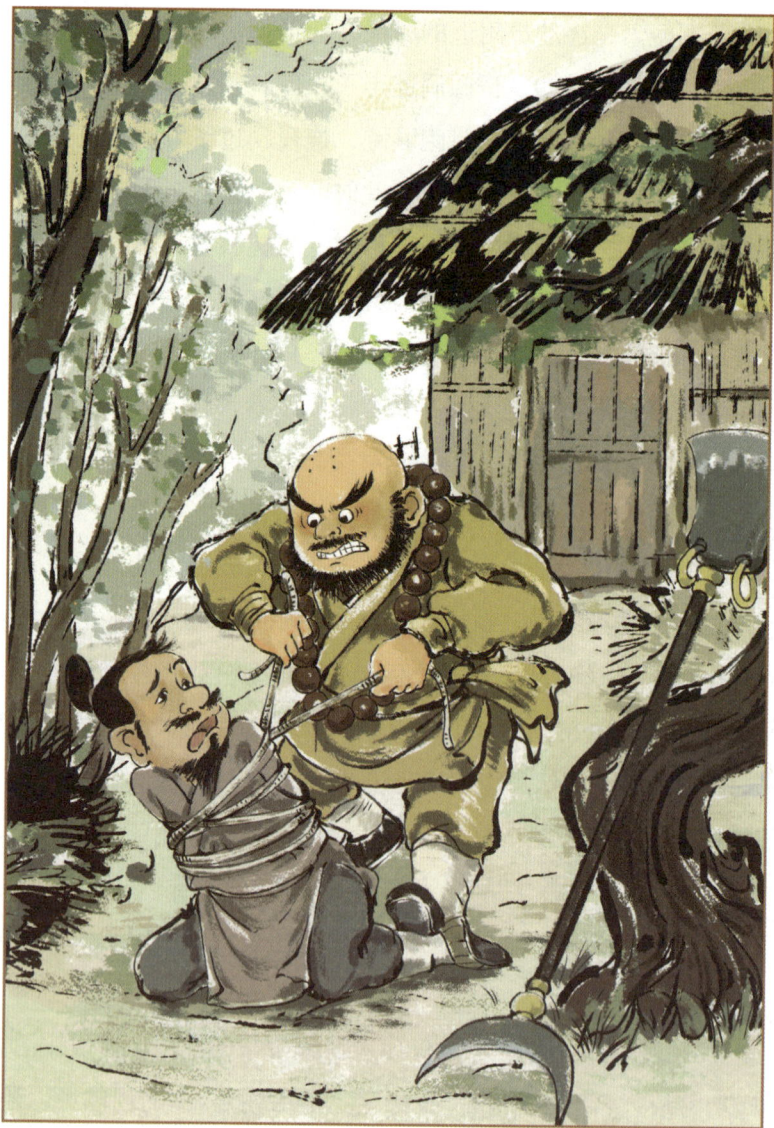

▲ 松林擒方腊

宋江见鲁智深不愿意做官，就说："既然你不愿意还俗，那也可以去京城找一个大寺院，去那里做方丈住持，既风光，也可以报答父母的恩情。"

鲁智深听了，又摇摇头说："这些都不是我想要的，我只想死的时候有个完整的尸首就知足了。"

宋江听完鲁智深的话，不再说话，就叫人押着方腊，带着所有人马返回东京去了。

| 词语沙龙 |

最能体现鲁智深此时内心所想的词语：

◎遁世幽居：指避开现实社会而深居不做官。

◎避世绝俗：脱离现实社会生活，不与世俗社会人往来。

第二十九章

随潮而圆寂

宋江、鲁智深等人捉住了方腊，就带领着兵马返回东京去了。走到一个地方，发现有座寺院，鲁智深就和武松进寺院借宿休息。到了半夜，钱塘江上的潮水发出巨大的声响。鲁智深是西北人，从来没有听到过这么洪亮的潮水声，以为是在擂战鼓，就跳起来，拿了自己的禅杖，大声叫着出了房门。

寺庙里的和尚听到喊声，也出来看，见是鲁智深，都非常吃惊，问："师父，你这是干什么？要去哪里？"

鲁智深说："我听见战鼓响，什么情况？"

听鲁智深这么说，和尚们都笑了起来，说："师父，你听错了，不是战鼓响，那是钱塘江潮水的声音。"

见鲁智深有些不理解，和尚们就打开房间的窗户，指着江水说："这潮水呀，每年八月十五的三更时候来。就好像一个人，从不失信，所以我们都叫他潮信。今天是八月十五，现在刚好是三更天，它果然来了。"

鲁智深听了和尚的解释，哈哈大笑，把举起的禅杖放下，然后说："我的师父智真长老曾经送给我四句话，第一句叫'逢夏而擒'，我在松林里捉住了夏侯成；第二句叫'遇腊而执'，我就生擒了方腊；最后两句叫'听潮而圆，见信而寂'，我想我今天遇见了潮信，那我应该就要圆寂了。和尚们，我问你们，什么叫作圆寂？"

和尚们回答说："你也是出家之人，怎么不知道佛门中所说的圆寂就是死呢？"

鲁智深听了，笑了笑说："既然圆寂是死的意思，那我今天肯定是要离开这鸟世道了。麻烦你们给我烧一桶热水，我要沐浴一下。"

和尚烧了水，鲁智深沐浴完，换了一身皇帝御赐的僧衣，对手下的士兵说："你去把宋江哥哥叫来。"又问和尚要了纸和笔，留了几个字，然后点了一炷香，坐在打坐的床上，闭着眼睛不说话了。

宋江听说鲁智深要圆寂，赶紧带着兄弟们赶过来，但终究没有赶上见最后一面。众人赶来时，鲁智深已经坐在那里不动了。

宋江看向鲁智深写的字，只见是：

平生不修善果，只爱杀人放火。

忽地顿开金枷，这里扯断玉锁。

咦！钱塘江上潮信来，今日方知我是我。

宋江和卢俊义等人看了文字，非常伤心，却无可奈何。其他的头领也都来拜鲁智深。宋江拿出朝廷赏赐的金银，让寺院里的和尚为他做法事，然后又请来径山住持大惠禅师主持鲁智深的火化仪式。鲁智深的遗体在六和塔火化，然后骨灰装在了一个盒子里。大惠禅师指着鲁智深的骨灰盒子，又念了几句话：

鲁智深，鲁智深，起身自绿林。

▲ 鲁智深圆寂

两只放火眼，一片杀人心。

忽地随潮归去，果然无处跟寻。

咄！解使满空飞白玉，能令大地作黄金。

鲁智深的骨灰最终放在六和塔里。鲁智深的禅杖和生前所使用的东西也都留在了六和塔。

宋江回到朝廷，上表皇帝，此次平定方腊的战争中阵亡正、偏将佐五十九员，在路上病故正偏将十员，杭州六和寺坐化正将一员：鲁智深。折臂不愿恩赐，六和寺出家正将一员：武松。回蓟州出家正将一员：公孙胜。不愿恩赐，路上离开的正偏将四员。留在京师的有偏将五员，现在回到京城的正偏将剩二十七员，分别是：

宋江、卢俊义、吴用、关胜、呼延灼、花荣、柴进、李应、朱仝、戴宗、李逵、阮小七、朱武、黄信、孙立、樊瑞、凌振、裴宣、蒋敬、杜兴、宋清、邹润、蔡庆、杨林、穆春、孙新、顾大嫂。

皇帝看了宋江的奏表，非常感慨地说："你们一百零八个人，都是天上的神星下凡，没想到征方腊后只剩了二十七个了，真是可惜！"

随后，皇帝又降下懿旨，宣布在征战中死亡的将领们，都要追加封赏。正将封为忠武郎，偏将封为义节郎。如果这些人有子孙，可以赐给子孙官做。如果没有子孙，给他们修敕建庙，让百姓纪念他们。

僧人鲁智深擒获贼寇方腊有功，虽然圆寂在六和寺，但追加他为义烈昭暨禅师。

词语沙龙

最能体现鲁智深善终的词语：

◎终其天年：过完应有的寿数。指寿长而善终。

◎寿终正寝：指年老时安然死于家中，也比喻事物的消亡。

品读与思考

1. 鲁达得知镇关西就是郑屠时为什么发怒?

2. 鲁达在拳打镇关西前,为什么要让他连续切三份臊子?

3. 你怎么看待鲁智深在文殊院的无礼举动?

4. 鲁智深不顾武松的劝阻,去华州被贺太守抓住,这反映了他什么样的性格?

5. 面对圆寂时刻的到来,鲁智深坦然笑对,一点儿也无惧怕之色。说说你个人对此的理解。

6. 鲁智深最后受封什么封号?你如何评价鲁智深这个人?